英特发股份有限公司　编著

上海文艺出版社

目录 Contents

MAKE UP 进阶篇

恣意挥洒 小 S 麻辣问

身兼多重身份的徐熙娣，角色切换淋漓尽致。

属于观众的她，在节目里、大型典礼上，无论是巨星官纶或是贩夫走卒，小 S 的麻辣问，总是刺激观众的肾上腺素，也让受访者急转出一股难以招架却不得不服的诙谐幽默。打破礼仪式的问话，受访者与观众的距离，人称这是小 S 的绝招，但那拿捏得恰好的小妹姿态，恐怕是与生俱来，谁也学不走的魅力。这种表演方式真实得令人惊叹，让发问的吊着观众胃口的极限边缘，接招的也得练就一笑天下无难事的本领了。而随时随地，冷不防恣意挥洒性感肢体，随着来宾的音乐无视破音高歌一曲，那股认真勇敢又俏皮的魅力，的确慑服了观众，再怎么说，那就是在屏幕里陪伴我们的小 S，令人会心一笑的可爱。好像鼓舞着人们 don't be shy！活出自己，自然就能扮演每个属于自己的角色。

文 / 陈莉莉　摄影 / 林柏诚　彩妆 / 贻亭
发型 /Miki 配件提供 /Rauge

我是女儿，也是人妻、姐妹、妈咪

Q: 真实的小 S 是什么样的女生

A: 真实的我是个非常无聊的人，一点也不像屏幕上如此戏剧化，也许是经历不少事情，所以我总是过着非常抽离的生活，或者去观察一些无关主轴的各种细节，抽离能带来比较轻松的生活感受，因为不喜欢太过度投入某一种伟大情结，所以也不爱去讲什么大道理，也没有什么非做不可的紧张感，也不走什么深刻的心灵路线，我只追求一直线的平静，不断满足于一些微小的细节，在小地方寻找小快乐，吃点好的、喝点小酒，时而跟姐妹大大抱怨一番宣泄一下心情，再回归直线平静的情绪、工作与家庭中的角色也都有很多愉快的体验，总而言之我是很容易被小快乐满足，一直以来都觉得自己相当幸福的人。

Q: 兼具人妻与明星的立场要如何拿捏

A: 我把在家庭中的角色与在舞台上的角色分得很开，就像私下的我与舞台上的我展现出的性格是不同的，跟先生在一起也很享受自在轻松的相处时光。

Q: 家人如何看待屏幕上的破格演出

A: 大家都担心我婆婆不满我在舞台上跟男艺人的互动，偏偏我婆婆爱死了我这些夸张的表演！总是逗得她好开心，而老公的那一方面，如果演唱会上我跟男艺人有谐趣的肢体互动，他觉得 OK，因为演唱会有种集体催眠的作用，老公会很明确那是一场秀一场表演，但如果是跟他一起躺在沙发上看节目，我就会巧妙的转转台避开那些画面，毕竟偎在他身边的我，在电视上有夸张的表演，还是会引起一点小醋劲的。

Q: 多重角色之外最想探索的还有什么

A: 我希望接下来能当一个古典乐演奏家。这阵子女儿学习钢琴，老师来教琴，小朋友坐不住的结果就是我自己练起琴来，这让我发现我对古典音乐好有兴趣，完全投入地享受学习另一种东西，希望学成，能跟我最爱的朗朗一起办个演奏会！(哈 . 哈 . 哈)

Q: 心中最想停留在哪个角色多些？

A: 以前不爱工作，常常放空，但有了小孩之后，我发现每个角色的快乐程度都是有比较级的。前阵子工作有个假期，能跟孩子好好腻在一起，但连续几天过着全职妈妈的生活后，心里又迫不及待地想工作了，收假后的第一个通告简直是抱着满心珍惜又激动的心情，连中午发放的便当都要一粒粒的米慢慢品味，超不想收工呢！

我是个有个性 爱自己的时髦女生

Q: 以前开过服装店的小 S 谈谈对时尚的看法

A: 那个时候是唱片卖到很吃力的瓶颈期了，所以跟姐姐开了一间服装店当逃生计划，不过我很喜欢时髦的东西，小时候喜欢日系，这些年来喜欢欧美系一派休闲宽松与个性感。我享受翻阅时尚杂志看设计大师们新的设计，但不一定会去买，也能透过杂志知道谁买了什么东西，得到品头论足的乐趣。不过男生好像不太懂我热爱的宽松欧美风，像我老公就爱超贴超挺拔的服装，连睡衣都贴到可以看出肌理线条，所以有关现在热爱的时尚风格，是只跟姐妹讨论不过问男生意见的话题。

Q: 身材好的女生很好穿衣服吧？如何维持呢？

A: 变瘦了可以穿的衣服风格变得好宽，能享受更多不同类型与剪裁的衣服，可说是打扮的乐趣增加了。至于身材的维持，我长年累月把胃养得很小了，除了餐餐不过六七分饱之外，我什么都吃，麻辣锅、淀粉、炸鸡腿，但前提是什么只吃一点点、小分量、吃个几口，然后少量多餐，像一块鸡排可以当作餐与餐之间的两次点心。然后正餐也不能暴食，喝点汤、吃小半碗饭、配点菜或肉。还有一个很棒的减肥方式，就是带着轻微的空腹感入眠，这样第二天醒来特别清爽，会发现自己脸庞清瘦一些，即见的效果也能够鼓励自己再接再厉每天坚持。

Q: 变得更美之后 人生是否完全不同了

A: 不得不说，这是真的！不过我指的不是去整形，而是把身材变得更 fit 这不是很漂亮讨喜吗？肌肤状况弄好，该整齐的牙齿要去整一整，只要让自己看起来清爽、干净，就能展现属于自己的美，也不用自我设限要走美艳、清纯或哪类型的风格，做个变美的自己就会不同。像我经历戴牙套的过度期，在那之前，大部分的人认为我是一个俏皮带点可爱怪气的女生，谁也没想到我能走美丽女星的路线，但变美之后，人生完全不同了，路变得好宽阔，可以尝试的事情变得好多，只能说真的很棒！

Q: 每天不可缺少的食物或举动
A: 早晚我会喝一大杯温偏热的水，然后每天不做些拉筋动作我就感觉全身不对劲。

Q: 保养哲学
A: 以前真的是不保养的。现在帝宝的家中连化妆台都不需要，只在更衣间的大镜子旁有个抽屉，放些基本的保养品，洗完澡就蹲在镜子前，拍个化妆水、乳液，不过现在我一定会擦的保养品就是眼霜，至于品牌也不大需要顶级，成分不导致过敏就好，尽量让保养变得很单纯，擦太多不同成分的保养品，皮肤也挺负担的。

Q: 宠爱自己的方法
A: 我好喜欢跟姐妹一起去喜欢的日本料理店，坐在台前，吃点美味的日本料理，喝点清酒，然后聊天，那种感觉好棒，好有新时代女性的氛围，那就是让自己很舒服的方式了。

我是个喜欢自由挥洒的艺人

Q: 敢言不讳的风格，用在位高权重的来宾身上，是一种策略，还是突发奇想
A: 其实大部分都是一种计算过的想法，用态度去包装一个问题，就能让问题的尖锐度降低，但有趣的效果能提高。

Q: 发问前一刻内心的决胜点是什么
A: 常常提出的问题，并不是真的在挖掘一个答案，而是在提问的过程中，与受访者的一种趣味的互动，所以一切以能让观众感到有趣有气氛为主，判断让观众觉得开心好笑就是我的决胜点。

Q: 有没有哪一次的发言让你非常后悔
A: 在节目上的效果，或者曾经发生的新闻事件，我都不会再去感觉后悔，过去了，也不需要再去多感困扰或后悔。倒是有一次，跟家人朋友一起聚餐，席间大家就起哄要我说个笑话，但我自认展现笑点的方式不是来自于一个一个笑话，所以一开始婉拒，不过一阵怂恿后，我讲了一个笑话，笑话讲完现场竟然冷到不行，那个当下我一点潇洒都没有，整个认真了起来，直逼问席间宾客"哪里不好笑了？俩不好笑了？"超丢脸超糗，挺后悔的。

Q: 保持着什么样的想法跟受访者互动

A: 想法实际很简单，就是能让观众觉得有刺激点或笑点的问题我就问，但也不能认真地去挖探受访来宾，适用一种有趣的态度，让问答之间的有趣味的情绪放大，确实或态度认真地挖掘受访者隐私反而并不是我要的。

Q: 下了节目或舞台的说话方式

A: 私底下的我真的好抽离，也不是动不动就很 HIGH 开玩笑的，应该说情绪保持在一条平静的直线上，说话的方式自然与舞台上的我不同，就是我的常态。不过我不喜欢去说一些不讨喜的话，批评、自居、大道理都让我怕怕，我是个俗辣，听到旁人讲这类的话都会觉得你好勇敢好敢讲啊！

你们要说我什么就说吧

Q: 女生耳朵软要如何杜绝恶意言论或流言蜚语呢？

A: 不可能杜绝，但要学习只在乎自己在乎的人所说的话，我只在意心爱的人对我的评价，在乎自己在他们心里的模样，其他的我就不太去投入担忧，因为很多网络，或不相干的人说的话，你实在很难去判断他的心态是什么，所以太在意，反而太多干扰，影响了自己也不见得的对人生或事业有真正的帮助，与其如此，不如眼不见为净，充耳不闻那些永远停不了的流言蜚语吧。

Q: 如何面对演艺人员过度被注视也过度曝光的生活

A: 就是演艺工作的一部分，艺人名人本来就容易受到比较多的关注，总之就是让生活回归平静的那条直线，抽离一些，就能比较平常心的去面对这些。

迎接更棒的改变

一切的辛苦、不开心，都是为了迎接将会变得更棒的自己。而你已经列好这些要改变的清单了吗?

采访·撰文 / 叶小波

新的一年，我总会许下"改变"的心愿。而且我的改变计划执行得很彻底，从元旦第一天，我的改变就开始了。

新的一年，我的改变，就是要多留一点时间给自己，而我也决定这一年的跨年，要把工作抛在脑后，和家人一起去旅行。

连续主持了六七年的跨年节目，每一年跨年，我都是在工作中度过。我当然知道，爸妈很想要陪我一起跨年。每一年，他们总会弄一锅麻辣锅到后台，给我和工作人员吃。但是，跨年晚会人太多，长辈毕竟无法久留，转播的电视节目都是歌手的镜头多，他们也无法一直看到我在屏幕上出现。因此，这六七年来，跨年就逐渐变成爸妈出国玩，而我在工作中度过。每次在凌晨两三点，拖着疲惫的身躯回家。我的心中总有一点遗憾。因为跨年的倒数时刻，早就在工作中度过了。

我的爸妈，是个很懂得享受生活的人。他们几乎每个月都出国。尤其我爸爸常常出国参加高尔夫球比赛，每每看爸妈背着高尔夫球袋出门，我的心情都很复杂。一方面羡慕他们可以无忧无虑出国玩；一方面希望自己能多陪陪爸妈；一方面也很高兴：自己努力工作，能换来爸妈悠闲的生活，这，不也是很值得吗？

　　但有时想想，爸妈在我这个年纪，早就已经开始享福了，而我过去一直以来，都为工作而忙碌，其实，也到了该放下工作，多为自己而活的时候。所以我在新的一年，将工作与生活的比重，调整到一半一半。我希望自己在明年可以多多去旅行，或就算是无所事事地得在家里，也是一种幸福。

　　这是关于我自己的改变。至于周遭的朋友们，我也期许能有更棒的改变。过去一年，许多朋友的生活都有了变化：有人分手、有人结婚生小孩，不管这些是好或不好的改变，我都希望这些改变，可以让大家在新的一年获得成长。我总是叮咛女人们，要多爱自己、Keep 住自己的工作、生活、健康。新的一年，我希望我和我的朋友们，都能变得比之前更好、更快乐。

　　其实《女人我最大》节目，也会在新的一年有很大的变化喔！《女人我最大》即将到内地开播！对于这个新变化，我其实是有点紧张的。因为我的主持风格很随兴，主持节目就是要玩得起来，才会开心！我很怕自己到陌生的环境，跟当地的艺人、观众互动，会变得战战兢兢。

　　但这个挑战是好的！我除了很期待接受这个新刺激之外，也很希望，可以借此多了解内地与台湾在时尚、化妆保养上，有什么异同，迫不及待想要把这些心得与《女人我最大》的读者分享。改变前，需要做许多准备。而那些辛苦的、不开心的鸟事，都是在为新的一年更好的改变做准备。就让我们迎接一个更棒的未来吧！

美丽的瞬间

文·图片提供/KEVIN

我非常喜欢拍照，有时候都让身旁的人不解，怎么这么爱拍照？这件事很难说得清楚，我长年累月在外工作，家人与朋友经常不在身边，但想要分享心情的念头不曾改变过，这些照片就是我与大家分享心情悸动最好的方法，当然也经常遇到初次见面的朋友，对我非常热情友善，也一一用镜头纪录下来，有时候自己一个人时，就会不停地翻看，让我感到不孤单。

不只是家人，常看我的博客、Facebook 的人就知道，我经常利用照片、影片来分享我的生活；透过网络的传播，无论在世界哪个角落，就算是素未谋面的朋友，透过照片的分享，就能够引起大家的共鸣。如果是美食的照片，大家会分享彼此吃过的心得；如果是风景照片，大家会讨论是在哪个地方、自己是否去过；如果是穿搭、妆容照片，大家也会问是否适合自己。很有意思不是吗？透过照片、透过画面，可以把"当下"分享给每个人知道。

当你拍照的时候，什么事物最吸引你呢？有些人喜欢拍自己、有些人喜欢拍风景，有些人只喜欢拍别人不爱被拍，有些人喜欢从生活中细节的捕捉特写……每种喜好各自代表着不同的个性。喜欢自拍的人，对自己很有自信，很享受生活，也很乐于与人相处。喜欢拍风景的人，在理性中带着易感的心，无法抗拒只有当下才能展现的美。喜欢拍别人却不爱被拍，是个带点害羞、却又忠实的分享者，记录着身边所发生的一切美好。喜欢从生活中细节捕捉特写的人，是个好奇心旺盛的人，观看的角度与平常人不同，充满着艺术特质。很有趣吧！从照片中也可以看得出一个人的个性与特质呢。

对摄影，我非常有兴趣，也经常在偷学摄影师的小技巧。每次在摄影棚拍照时，我总是会很主动的担任摄影助理，或拿反光板营造勾边的光线，让模特儿轮廓更突出；或用吹风机替模特儿制造飞扬的发丝效果，还会借与摄影师聊天，得到更多拍照的小诀窍。

照片的好看与否，有很大的一部分是取决于光。还记得有一次拍摄彩妆的时候，摄影师使用了白色的灯，用由下往上的角度，在模特儿脸上打光，当下模特儿的脸变得惨白，而且彩妆的妆感就是出不来；后来才发现，就是因为光线的不同，造成了色彩与妆感的变化。无论是拍人或是自拍，一定要在充分明亮的地方拍摄，效果才会好。

对于喜欢自拍的女生，怎样才能拍得美美的？我的建议是，尽量采取高角度，由上往下俯拍，就可以有小脸的效果。我常说，眼睛是灵魂之窗，而睫毛则是灵魂之窗的窗帘！利用小小的烟熏眼妆，搭配假睫毛与单撮下睫毛，打造像娃娃般的迷人大眼。大眼小颜的自拍照，每个女生都变得可爱又无辜。

如果自拍时，想要肌肤呈现白皙无瑕的质感，可以在阴天光线下自拍；我发现阴天的光线是从四面八方而来，非常的柔和，打亮脸部的美肌效果最好；或是利用大面积的正面光线，打亮脸庞。这时候可以搭配腮红，不但能衬托肌色，对的腮红位置与形状，还能决定脸部的立体感！想要自然感，就使用橘色系的粉雾腮红，在笑肌处画出开口笑的曲线，再使用同色系的珠光腮红，在笑肌的顶点轻点，点出脸颊的立体感；想要可爱甜美的感觉，就可以使用粉红色系腮红来打造。

自拍的角度，也是一门学问；有些人觉得自己的左脸特别上镜，有些人则是右脸。像我自己最喜欢的角度是左脸，大部分的自拍照就都是左脸；了解自己哪一脸比较上相，是很重要的。可以根据角度，修饰脸型，如果是肉肉脸的人，找对角度后，利用修容的方式，可以用7字形的修容法，修饰脸部边缘与颧骨轮廓；如果是比较阳刚的长方形或正方形脸的话，可以使用海鸥形的修容，将发际线、鬓角往鼻翼、鬓角往脸缘下方修饰，就能调整轮廓，拍照时会更上相、效果更好。

我觉得每个人都可以在忙碌的生活中，找到空档留住每个珍贵的回忆，当每次再看到照片时，当时的回忆、氛围、气味、感受，又会再度涌上心头，利用照片珍惜每个当下吧！

自拍不修片的高画质底妆

撰文 /Avril 摄影 / 王鸿骏 化妆 /KEVIN 发型 /Ivy

想登上首页成为自拍美人吗？除了自拍技巧还有极重要的关键："底妆"，本篇 Kevin 老师教你如何偷偷遮盖脸上小瑕疵，快速打造白皙无暇美肌，让你在任何灯光下都能拍出高画质底妆！

「利用妆前保养＋饰底乳＋眼周修饰敏感肌肤

打造泛红的轻透底妆质感」

自拍美人 1 号：芝玮
肤质：敏感泛红肌
目标：轻透水润肌

Kevin 老师的重点提示

1. 敏感肌肤是由于缺水造成的泛红发炎，造成吃妆能力弱，保湿绝对是打底第一步。

2. 眼下肌肤是泛红开始的部位，所有的底妆步骤都由眼下开始着手。

3. 一味将肤色修饰到死白会让自拍看起来像假人，利用些许珠光创造轻透的底妆效果，并以腮红打造可爱婴儿双颊。

start

Step1 保湿乳液

在脸颊先涂抹保湿乳液，当肌肤充满水分后才能吃妆。

Step2 绿色饰底乳

选择绿色的饰底乳先涂抹于两颊修饰泛红的肤色。

Plus用腮红打底

若没有饰底乳或不善用饰底乳的人，则可用棕色调的膏状腮红，先轻刷于两颊再推均匀后就可上粉底。

Kevin 老师叮咛: 不可用粉红色，因为无法修饰，也不可用粉状，腮红会卡粉。

Step5 黑眼圈遮瑕

使用遮瑕膏从眼下推到腮红的位置，脸部的底妆才不会有色差。

Step3 创造轻透感

将隔离霜与珠光饰底乳以1：1的比例调和涂抹全脸，就能减缓绿色饰底乳的厚重感。

Step4 上粉底液

从黑眼圈下方开始涂抹粉底液，以向外轻拍的方式薄薄打上一层。

COFFRET DIOR 盈透美肌粉霜 25ml KANEBO

Step7 轻拍腮红

以"轻拍"方式打上腮红，颜色不用太均匀，创造如婴儿般不均匀的红咚咚双颊。

Step6 局部定妆

用小刷子沾取蜜粉后，大范围在眼周肌肤轻刷定妆。

COFFRET D'OR 晶莹亮肌蜜粉（晶透粉） KANEBO

Step9 涂抹唇蜜

最后直接涂抹上粉嫩裸色的唇蜜即可。

淡雅新印象亮晶晶唇蜜（自然光 48） 6ml GIVENCHY

Step8 画眼影

刷上大地色系带有晶钻珠光的眼影，呈现立体有轮廓的眼眸。

双色眼影霜（10）3.4g NARS

搞定泛红水润底妆
Finish!

「利用珠光照亮毛孔、毛孔修饰乳遮盖凹陷毛孔，打造无可挑剔的干净底妆质感」

Before

自拍美人 2 号：乐乐
肤质：毛孔粉刺肌
目标：无瑕干净肌

Kevin 老师的重点提示

1. 善用"细微的"珠光产品（不可选银白的珠光），可以提亮毛孔周围的肌肤进而打乱毛孔的阴影，当光线照射到脸部，毛孔就会变不清楚。

2. 如果是粉刺造成的毛孔，只要做好清洁就可避免毛孔的产生。

3. 粉底选择具有遮瑕又保湿的类型。出油脱妆型的"圆形毛孔"选择遮瑕效果强的粉底，若是老化卡粉的"水滴毛孔"则选偏保湿款。

4. 想让无瑕肌自拍看起来不过平，可加腮红创造粉嫩感。

start

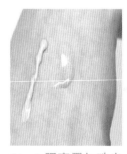

Step1 隔离霜加珠光饰底乳

隔离霜与珠光的比例为 2：1 调和，利用珠光来打乱毛孔的阴影。

柔焦隔离霜（01）
SPF11 PA++ RMK

Step2 涂抹毛孔区块

调和后的隔离霜直接涂抹于毛孔部位，避开鼻翼两侧否则会变蒜头鼻！

Primavista 亮肤妆前修饰乳
21g SOFINA

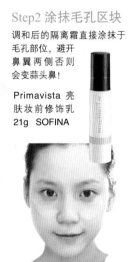

Step4 轻推推均匀

直接用手将遮瑕均匀地轻拍进毛孔，直到看不清楚毛孔痕迹。

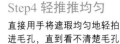

Step3 毛孔遮瑕

选用膏状的毛孔遮瑕，"由下往上"涂抹，接下来的粉底再顺着毛孔就不会有结块或屑屑的产生。

Kevin 老师叮咛：若是水状遮瑕则少量轻拍则可。

Step5 轻拍粉底液

从中央开始往两颊拍打上粉底液，再次达到遮瑕毛孔效果。

弹力活颜 无瑕柔光粉底液 SPF15 PA＋＋ 30ml 黛珂

Step6 提亮两颊肌肤

由于毛孔肌到下午容易变黯沉，可利用米黄色的饰底乳局部加强于两颊毛孔提亮肤色。

白金恒采防晒隔离霜 SPF35 PA++ 25ml DHC

Step7 蜜粉先磨再上

同样选择具有珠光的蜜粉，将粉末倒在手上粉扑以画圈磨粉的方式均匀沾附后，再全脸轻压即可。

Kevin 老师叮咛：不可直接对折沾取，粉末沾附不均拍于肌肤会卡粉。

Step8 涂抹眼影

由于是无瑕干净的肌肤，眼妆颜色不可过重，选择浅晶钻眼影，加强眼皮光泽。

星钻缎彩眼影（115）2g 肌肤之钥

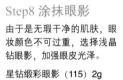

Step10 拍打腮红

最后以"拍打"方式打上腮红，用刷的会让毛孔再度又被刷出来。

甜心爱恋颜彩盘（11）JILL STUART

Step 9加强睫毛

刷上纤长的睫毛膏，避免眼皮有肿肿的感觉。

毛孔隐形无瑕底妆
Finish!

「利用饰底乳＋两色粉底改善黯沉、提亮肤色，打造光泽质感底妆」

自拍美人 3 号：娃娃
肤质：暗沉蜡黄肌
目标：光泽好气色肌

Before

Kevin 老师的重点提示

1. 造成暗沉肌的原因：油性肌的角质堆积过厚，干性肌滋润度不足造成的黯沉。

2. 暗沉肌务必遵守：脸部中央提亮、两颊贴近本身肤色原则。千万不可再选用深色粉底，尤其自拍后的肤色看起来更加灰暗。

3. 不可全脸直接用修色饰底乳，只能用在脸部中央。紫色是提亮最好的选择，建议初学者选择液状的饰底乳，膏状会让底妆看起来厚重。

start

Step2 紫色饰底乳

接着以紫色饰底乳加强中央部位，由内往外推开，修饰黯沉的肤色。

Kevin 老师叮咛：肤色不均严重时也会让眼周暗沉，因此眼周也要记得提亮。

Step1 全脸涂抹饰底乳

首先选用保湿饰底乳全脸居均匀涂抹，达到肤色的基本提亮与修饰。

丰靡美姬水润持久妆前露 SPF17 PA++ 30ml　BEAUTE de KOSE

Step4 打亮T字与外C

运用有光泽的打亮产品，局部涂抹于T字与外C处，创造脸部的光泽与立体度。

舞台柔光聚焦笔（001）17ml Dior

Step6 按压蜜粉饼

最后在脸部中央，局部轻压上蜜粉饼加强定妆效果。

PRIMAVISTA 蜜粉饼 SOFINA

Step3 用两色粉底

中央用比本身肤色亮一号的粉底，两旁则选用与自己肤色接近的颜色，就不会与脖子有色差。

自律循环粉霜蜜 SPF15 PA+ 12g IPSA

Step5 轻刷蜜粉

全脸轻刷透明蜜粉，这时就不可用紫色蜜粉，会造成肤色过于死白。

心机透蜜粉 10g SHISEIDO

Step8 大面积刷腮红

先大面积的刷上无珠光的水蜜桃色腮红，创造自然好气色。

Kevin 老师叮咛：刷红刷沾取的粉量越均匀分布刷拭效果越自然。

双妍腮红盘（法式蕾丝版 839）7.5g Dior

Step7 画眼线

用眼线笔描绘内外眼线，让眼睛看起来更有神，自拍效果更好。

Step10 眼下修饰

最后将眼下肌肤与腮红的交际线融合，自拍时才不会有一条线的窘境。

Step9 中央珠光腮红

接着再换有珠光的腮红轻点于笑肌中央，达到光泽粉嫩效果。

魅力幻彩腮红盘 7g GIVENCHY

暗沉再见光泽底妆
Finish!

利用控油＋遮瑕膏修饰痘痘痕迹，打造出粉雾的底妆质感

自拍美人 4 号：可比
肤质：痘痘、油性肌
目标：零缺点雾面肌

Before

Kevin 老师的重点提示

1. 分为单点的痘痘遮瑕与全面的痘疤遮瑕。

2. 粉底与遮瑕膏可选择不含油脂，且具有抗菌效果的产品。

3. 因自拍通常都在强灯下，瑕疵特别清楚，以遮瑕膏当做打底主力效果最好。

4. 雾面质感的底妆特别适合痘痘肌与颧骨较高的人。

start

Step1 湿敷化妆棉

以沾满化妆水的化妆棉湿敷两颊，减缓痘痘肌出油现象，对痘疤则可先达到软化后较吃妆。

Step2 控油凝胶

上妆前先使用控油凝胶，但不可直接涂抹，会造成卡粉，将凝胶先挤在手上两手搓揉均匀。

挥别油光粉凝露 30ml
smashbox

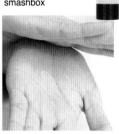

Step4 大面积上粉底

先大面积地涂抹一层薄薄的粉底液，当做打底修饰肤色。

轻透美肌 光感粉底液 30ml Za

Step3 轻压脸部

以轻压的方式，全脸均匀按压上控油凝胶，肌肤会变得相当清爽、滑顺、好上妆。

Step6 拍打全脸

直接拍打于全脸达到遮瑕效果，同时遮瑕膏更能打造雾面肌的质感。

Step5 轻拍遮瑕膏

用海绵轻拍少量遮瑕膏或是沾取较浓稠的粉底液。

Kevin 老师叮咛：选择遮瑕膏的原因是遮瑕力较高，能完整遮盖痘疤的痕迹。

紧致弹力遮瑕膏 SPF 15 M.A.C

Step8 轻压雾面蜜粉

以"按压"的方式上蜜粉，因为上了许多层遮瑕，轻推蜜粉会将粉底也推糊。

零毛孔亲亲蜜粉＃润泽型 SPF9++ 6g ettusais

Step7 单点痘痘

选择深一号的遮瑕膏轻点痘痘的部位达到遮瑕。

Kevin 老师叮咛：运用干净的笔刷或唇刷来遮瑕，不可用手，因为手指的温度会让遮瑕膏糊掉。

活力光采柔肤笔 7.5g CHANEL

Step10 两颊修容

雾面的底妆容易让五官看起来较平，最后一定要修容达到脸部的立体感。

Step9 推开粉饼定妆

最后拍打上一层薄薄的保湿粉饼，达到定妆的效果。

真我柔光粉饼 SPF 29 PA+++ 12g CLINIQUE

零瑕疵粉雾底妆
Finish!

按压✕轻抚 温柔上妆 10 攻略
微整型后轻柔底妆完全攻略

好不容易下定决心做了微整型，在术后脸部肌肤却老是泛红？伤脑筋，这时到底可不可以化妆，该如何上妆，又该选择哪些彩妆品与保养品呢？别担心，在本篇中，达人要教你10种术后温柔上妆技法，让你轻松迎接术后的年轻美肌！

文·执行／Gail 摄影／小明 化妆／小凯 模特儿／苏立欣 发型师／MARCO for ARDOR

POINT！各种微整型术后照护法　咨询专家／利欣医学美容诊所医务总监 廖苑利医师

项目	多久后上妆	术后叮咛
柔肤镭射、净白双波光、净化光	可立刻上妆，但以淡妆为主，以免厚重的粉妆使痂皮变得较干，反而不容易脱落。	术后需加强保湿，1周内停用去角质保养与避免日晒。
脉冲光	可立刻上妆，但以淡妆为主。	术后需加强保湿，1周内避免去角质或使用含酸类产品。
奈米飞梭雷射	2天后。	术后加强保湿修护，3日内应避免高温场所。
镭射磨皮	一周后。	注意伤口保养，避免碰水。
电波拉皮	可立即上妆。	有些人会有局部轻微肿胀，避免冰敷，可服用药物或是轻柔按摩。

▶攻略1　切记！决定美肌命运的妆前保湿保养

小凯叮咛！术后的底妆切忌以拉扯的手法，所有的上妆动作乃至妆前的保养，都必须用点压轻抚的方式，才不会二度伤害肌肤！

1. 若肤况仍不稳定，可以用高机能的化妆水或是精华液帮忙安抚镇定，让拥有饱满水分的肌肤更吃妆。

2. 使用保养品时，尽量不要拉扯到皮肤，并以手稍微轻压包覆的方式，促进修护美容成分的吸收。

3. 用具有修护舒缓效果的化妆水浸湿化妆棉，并以海浪般的手法在全脸轻柔拍打。

4. 除了全脸使用化妆水或是精华液轻拍之外，可以在容易干燥的两颊湿敷几分钟，让妆容更持久贴肤。

5. 针对鼻翼或是唇周容易干燥的部位，可以用含有简单成分的修护类商品滋润一下。

6. 喷上舒缓喷雾，增加皮肤的保湿度，为后续的水感妆容做好准备。

▶攻略 2 POINT！用饰底乳调整术后泛红肤色

1. 用手指轻点饰底乳在脸上顺着纹理方向轻轻推匀，遇到较干燥处，手法务必要格外温柔。

2. 针对脸上泛红处，可以多用几次饰底乳层叠加强修饰。

3. 使用饰底乳时，要以少量多次的概念，轻轻层叠、慢慢修饰，效果会更自然。

▶攻略 3 必学！超温柔手感底妆技法

1. 尽量不要把粉底直接涂抹在脸上，先在手上挤压少许以渐进方式上妆，才不致造成厚重的妆感。

2. 顺着肌理轮廓涂抹粉底，可以降低肤纹紊乱粗糙的感觉。

3. 别忘了照顾泛红的鼻翼和嘴角，也要注意细节处的肤色修饰。

▶攻略 4 修饰反黑！肤色遮瑕膏轻轻层叠

1. 镭射除斑后的反黑可以用肤色的遮瑕膏修饰肤色。

2. 先将遮瑕霜点在眼周与欲修饰处，轻轻点压到看不见遮瑕品的边缘轮廓为止。

3. 针对眼角眼下的细节处，可以运用精细的遮瑕刷代劳，以达到妆容的精致精准。

4. 遮瑕时，应该用与肌肤颜色近似的产品，呈现最自然的裸妆效果。

TIPS
用刷具这样上妆

若偏好用刷具上妆、需要更精准的妆效，可以透过顺着纹理的放射状方式刷匀粉底液。

为了避免对肌肤的摩擦，一定要慎选够柔软的刷具，才不会造成皮肤的负担喔！

▶攻略 5 最后一定要用"蜜粉"来完妆喔

1. 先把蜜粉抹在手上稍微温热醒粉，能增加蜜粉与肌肤的密合度。

2. 接着在鼻翼轻轻按压。

3. 眼下的蜜粉分量要特别少，以免出现干燥细纹。

4. 顺着纹理按压蜜粉，千万别拉扯到肌肤。

5. 若是使用蜜粉刷，就可以在面纸上进行匀粉。

6. 蜜粉刷同样要以顺着纹理的方向定妆。

7. 若担心容易脱妆，可以在完妆后用保湿喷雾再度定妆。

▶攻略 6 妆前保养重点 × 推荐产品

Q 化妆前只要用保湿面膜敷脸就会比较水润吃妆了吗?

A 尽量避免保养品里含有加强代谢的成分，因为术后皮肤都会较薄，禁不起酸类产品的二度刺激，应挑选提供大量保湿与修复类的产品，可以让妆容更服贴持久。

1.PETERTHOMASROTH 解饥渴面膜 全成分来自医美中心的术后保养处方，深海保湿因子与芦荟，能迅速给予肌肤柔软与保湿效果。2. 理肤泉水温泉舒缓喷液 独特的冷泉拥有中性的 PH 值优点，经过证实能同时舒缓发炎与镇定止痒。3. 修护活泉水·圣活泉 泉水内含有增加肌肤活力的锰等多种矿物质与微量元素，能温和舒缓轻度不适的肤况。

▶攻略 7 妆前重点遮瑕 × 推荐产品

Q 很容易脱妆的部位，该怎么进行重点遮瑕呢?

A 在上妆前就要特别注意脱妆部位的保水度，每次取少量用手轻轻点压也会减少脱妆的问题。

1. 香缇卡钻石级遮瑕膏 以植物角鲨烯提供保湿度，并用维生素达到抗氧化与修护的功能，具有 SPF10 的防晒系数，以保护敏感的肤况。2. 美宝莲羽透光双效遮瑕笔 利用两色调和出最贴近肌肤色彩的遮瑕色号，打造自然的遮瑕效果，也能运用打亮笔让五官更立体鲜明。3.DIOR 光柔矿物水感遮瑕笔 特别研发了亲肤性高的能量矿物水，提供 4 种肌肤所需要矿物质，特别适合用于泛红部位。4. 歌剧魅影极致完美遮瑕膏 含有 97% 高度遮瑕粉体，特别针对各种医疗手术过后所设计，含植物性荷尔蒙，可镇定肌肤刺激。

▶攻略 8 底妆选择技巧 × 推荐产品

Q 美容术后，应该赶快换一套针对当下肤况的底妆品吗？

A 若是原本的粉底就有顾及到保湿度与修护力，就不必特地去购买新的底妆产品，只要沿用平常的粉底颜色，再加上细致的遮瑕步骤，也能拥有无瑕的水水妆！

1.DIOR 光柔矿物水感蜜粉底 SPF10　20％矿物水中添加矿物质之外，还具有蚕丝蛋白和亚麻油精萃，创造充满水感的妆效。2.L'EGERE 水漾无瑕 BB 霜　含海藻醣、维生素 E 等修护成分，能迅速渗透吸收、清爽不黏腻，在肌肤表面形成保水薄膜，维持长时间水润妆感。3.LA MER 亮采紧致粉底霜 SPF15　添加珍贵的蓝藻紧肤保养成分，可以激发弹力纤维与胶原蛋白再生，创造新生感肌肤的透明度。

▶攻略 10　选刷技巧 × 推荐产品

Q 如果不想拉扯到皮肤而用了刷具，挑选时该注意什么？

A 尽量选择柔软的天然毛刷，购买时试试在手上的触感，有羽翼般的轻柔触感才是刷具的王道！

1.ARTISTRY 专业刷具精细遮瑕刷　采用羽毛般的天然貂毛，拥有极细致的剪裁，专攻脸上手指无法触及的细部。2.LA MER 蜜粉刷　使用精细的羊毛材质，提供超级清盈柔软的笔触。3.LA MER 粉底刷　以高效合成纤维制成，能帮助精准上色，是一款未经修剪的柔软笔刷。4.DIOR 舞台抢眼蜜粉底刷　以 100％山羊毛制成，触感柔软充满弹性。5.香缇卡蜜粉刷　采用初次剃下的黑色松鼠毛，毛料丰厚，最适合温柔轻抚脆弱的肌肤。

▶攻略 9　蜜粉定妆技巧 × 推荐产品

Q 据说矿物蜜粉很适合敏感肌肤，术后是不是也应该用矿物系的底妆呢？

A 有部分矿物系底妆的色号有限，如果肤况没有很严重，其实不必刻意添购矿物类蜜粉，用平常具有保湿功能的蜜粉，只要秉持轻轻拍打不拖拉肌肤的手法就好；但若是术后特别红肿，就应该选择较无负担感的矿物底妆，通常它们都有附加附理性防晒的功能，可多一层对肌肤的保护。

1.香缇卡丝柔蜜粉　亲肤性高的天然植物成分和光反射粒子，包裹住细致的云母矿石粉，无添加造成毛孔阻塞的天然滑石粉与油脂，能自然呈现肌肤的美好光泽。2. 美宝莲纯净矿物定妆粉　不含防腐剂、香料，以三倍淬炼而成的微矿物成分，能创造无痕的清透裸妆。3.L'OREAL PARIS 完美吻肤晶矿粉雾蜜粉　直接搭配了超柔软的刷毛避免伤害肌肤，妆效薄透自然。4.SMASHBOX 保湿抗皱矿物蜜粉　含有 48 种矿物成分，还有胜肽、黄金与专利枸杞的添加，上妆时能同时保养肌肤。

Step 1
用霜状眼影打底
首先，先用指腹直接沾取适量的白色霜状眼影，将整个眼窝打底。

Step 2
用粉色涂眼褶
再用眼影棒沾取适量粉色眼影，涂擦在眼褶处，创造立体大幅度。

运用白色打底，能让眼周变得明亮有光泽，这个颜色适合在白天使用，创造刚刚好的光泽感；之后再用粉色眼影叠擦在眼褶，展现淡粉的色感。

OTHER CHOICE

BEAUTE de KOSE
ESPRIQUE PRECIOUS
绝色效应眼彩盒，T-5 号

日の主打
粉色让知性度倍增

使用
INTEGRATE 水亮黑瞳眼影盒，BR700 号

Day
知性名媛

LAVSHUCA
玩美灿光眼彩盒

LIPS
搭配色

GIORGIO ARMANI
自然光唇蜜 #59

变换日夜眼妆一盒搞定
超实用！ 多色眼彩盘

经济不景气，买眼影盒更要精打细算！如果能够一盒搞定多种妆容，就不必花太多冤枉钱购买那些不需要的颜色！小凯老师严选最实用的四款多色眼影盒，让你完美变妆，实现你变化多款耀眼系日夜眼妆的梦想。

撰文／She　摄影／pc　化妆／张景凯　发型／倪萱发艺（Jasper、Josh）

夜の主打
紫色创造神秘魅力

Night

魅力女神

STEP 1
上眼褶强调粉色度
在上眼褶处，大范围的加上粉红色系的眼影，让粉红色系能完全显色。

STEP 2
用紫色加强下眼影
再用深紫色眼影由眼尾往眼头涂擦，眼尾更重要。

粉色能增加眼睛的色度，创造粉嫩的质感；另外，为了柔化过于粉嫩的眼妆，再用运深邃的紫色，打造立体度部份，强调眼神的精致锐利度，展现完美的小烟熏美妆。

OTHER CHOICE

COSME DECORTE 耀眼彩盘 dc024

SHISEIDO 心机晴亮光采眼影 BR364 上野树里使用色

LIPS 搭配色

CHIC CHOC 放电诱唇蜜玫瑰 #BR01

日の主打
肤金色让感性度倍增

使用 SHISEIDO MAQuillAGE × Alexander Wang 五色 3D 塑型眼影盒

Day
感性小女人

Step1
肤金色加强眼尾
先用肤金色眼影画满整个眼窝，然后在眼尾处加强深邃度。

Step2
加强打亮眼头
用银白色加强眼头，创造眼睛两端的强烈立体感。

小凯老师说，透过肤金色眼影来加强眼褶的明亮度，再用浅色珠光霜眼影打亮眼头，就能完美打造自然请透感的白天妆效。

LIPS
搭配色

OTHER CHOICE

SMASHBOX 璀璨眼彩盘 # 51352Monarch 绝美王者

KANEBO COFFRET D'OR
润灿口红 #04

GIORGIO ARMANI
设计师立体双色眼影

夜の主打
用棕色打造深邃大眼

Night 微辣轻熟女

KATE 镜光璀璨眼影盒

OTHER CHOICE

NARS 巴黎甜心眼彩盘

Step 1 画眼凹
首先，在上眼凹的眼褶部分，整个用金棕色系加强，范围掌握在 1.5mm 最刚好。

从眼睫毛根部画上酒红色的眼线液，加强性感深邃度

夜晚妆得透过深色系强调，首先，在眼褶和眼尾部份，运用金棕色彩加强，最后再用深棕色画上眼线与下眼影，打造夜妆的深邃度。

LIPS 搭配色

benefit 唇唇欲动唇彩蜜#黄金裸色

日の主打
用蓝色眼线展现干练感

使用 Kanebo
Lunasol 晶巧光璨
眼盒 # 星空

Day
干练女强人

STEP1
银白色画眼窝
先用浅银色眼影涂
满整个上眼窝，创
造光采的晶亮度。

STEP 2
画上蓝色眼线
然后，再用深蓝色
眼影当做眼线，画
出细细一条的自然
眼线。

除了用白色作打底外，小凯老师说，
日妆不适合画过于夸张的眼线，建议
选用深蓝色眼影当成眼线来画，轻松
表现出日妆的自然感，有不会太过于
OVER，让眼妆的深邃度刚刚好。

RMK 迷恋诱色盘
（EYES）#03

OTHER
CHOICE

LIPS
搭配色

CHIC CHOC 魅惑星炫盒
（eyes）02

BEAUTY de KOSE
丰靡美姬华丽幻妆
水耀唇晶 #RD480

夜の主打
灰黑色长形眼尾增加吸睛指数

Night

夜店辣妹

Step1
涂抹灰黑色眼影
先在眼褶处涂满银灰
色，再以黑灰色画出
长型上扬眼尾。

Step2
在眼凹画银色眼影
在眼凹上方处用银色
眼影加强，能让眼睛
的渐层立体度更明
显。

在整个眼窝用眼影银灰色＋黑灰色，创造
浓烈深邃的夜店眼妆，为了使眼睛更加放
大，下眼影处眼尾处也用黑灰色加强。

OTHER CHOICE
DIOR 迪奥爵士女伶眼妆盘 #001

CHANEL 疯狂小
纽扣眼影

LIPS
搭配色

benefit 风情万
种限量唇彩组

日の主打
浅银色演出摩登感

使用
shu uemura 猫的
原系列童话彩
猫咪爱眨眼

Day

时尚奢华风

Step1
涂眼窝
先用浅银色眼影
涂满整个上眼
窝。

Step2 加强眼尾
用深灰色眼影画
眼尾 1/3 处。

眼窝涂上浅银色，再用深灰色在眼
尾加强，让眼睛的锐利度提升，能
在白天创造刚刚好的明亮度。

OTHER CHOICE

ettusais 东京
星愿眼蜜彩

TIFFA 绝对大
眼双用眼线盒

LIPS
搭配色

INTEGRATE
水艳柔光唇蜜
外　壳 PK330
番石榴 & 蜜桃
2.6g

COSME DECORTE
翘唇晶 #RO673

夜の主打
金色让性感指数提升

Night
性感熟女

Step1 加强眼窝
用深灰色眼影从
眼尾往眼窝 1/2
处加强色度，再
于睫毛根部画上
眼线胶。

Step2 涂下眼影
从眼尾往眼头画
上金色眼影，记
得掌握眼尾粗，
到眼头渐淡。

上眼影运用深浅灰色创造多层次的
眼妆，然后在下眼影处，运用金色
增加眼睛的大眼立体度。

OTHER CHOICE　JILL STUART 晶钻
眼彩宝盒 #08

LIPS 搭配色　RMK 漾采唇蜜 #38

JILL STUART 唇彩
蜜冻 #16

4 达人严选
换季必攻 上乘底妆品

　　4 位彩妆达人将抢先教你，在正式跨入秋冬季节前的尴尬期，该如何严选换季必备底妆品？好为后续天候的无端变化，做好最关键的彩妆预备！

文·执行／陈姗彤 摄影／陈敬强 模特儿／Ann（会星堂）·欣瑜·Sandra·Shoko（Pace）
发型师／Stone（Eros）·Derick（Eros）

轻刷暖色调修容，创造光泽感小颜底妆……By 小凯

　　在气候开始偏向干冷的换季时节，如何让肌肤看起来不干瘪，而是透着水漾般光泽，不光是做好保养、选择添加保湿配方的底妆品，建议更要搭配后续的修容动作。

　　尤其现在的新款底妆，多流行添加微细珠光，只需选择渐层式修容盘，两颊轻扫深色修容、T字中央轻扫浅色修容的"圆形蛋壳"方式，就能瞬间打造光泽感的立体小颜。现在修容品中多以珊瑚色、肤色等暖色调珠光，取代传统正白色珠光粉末，所以不必担心用量过多，脸会太亮太闪的问题。

小凯老师严选

Albion
雪肤凝润光粉饼
　　雪肤粉饼系列几乎可说是日系底妆的经典代表，粉体细致柔滑，涂擦在肌肤上具有雾面薄妆遮瑕效果，却依然清透润泽，绝对不会越擦越干，新一代产品更令人瞩目。

SHISEIDO
心机小颜光采修容

同时具备光影修饰效果的颊彩与修容饼，5种精心设计过的色泽光影粉末，能帮助塑造更立体自然的五官轮廓。

PAUL & JOE
糖瓷轻盈睛采饰底乳

仿佛涂了层柔软轻薄的化妆膜，紧密服贴于眼周肌肤，添加花卉保养成分润泽保湿，并提供补正青黑色或茶色系黑眼圈所适用的色号。

shu uemura
型塑无瑕粉凝棒

轻巧便于携带，犹如丝缎在肌肤上滑开般质感，具霜状润泽度所以十分好推匀。

RMK
迷恋诱色盘

混刷5种渐层色调与质感，瞬间就能在脸蛋肌肤上，塑造出自然且温柔的色彩，若希望更明显，只需以刷子取想强调的颜色，重复叠刷上02号。

benefit
装完美防晒粉饼

随盒附上蜜粉刷与海绵粉扑，无论是轻扫全脸定妆，或是补妆打底遮瑕，都能一盒轻松搞定。

sofina
蜜粉饼

盒身设计就像个献给女性的精致礼物盒般优雅，双效两用蜜粉可当早晨定妆、午后补妆用，摆脱因脱妆而疲惫暗沉浮现的困扰，自然隐形脸上瑕疵，给人完美第一印象。

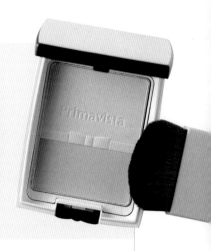

Dior
舞台抢眼蜜粉底液刷

由100%山羊毛制成，触感柔软有弹性，齐平式刷毛设计，能帮助沾取最适量蜜粉用量，刷出轻薄底妆妆效。

sisley
玫瑰纾颜喷雾

融合橙花、玫瑰、矢车菊等花露水精华，轻喷洒全脸能带来镇静、安抚滋润之效，湿敷眼部还能消除疲劳感，是贵妇最爱。

CPB
光采粉饼

手指轻触一定会瞬间爱上的超级细滑质感，就像是在肌肤罩上柔雾薄纱，即使重复选擦依然不厚妆，但瑕疵却隐形淡化。

一点一点少量多次，堆叠出完美裸肤……By Kevin

随着数字科技的精进，不仅电视液晶屏幕分辨率更优，数字相机的画质也更棒，相对地，对人的肌肤能否更加完美呈现，要求也就越来越高。借由圆形、扁形、红色、蓝色、珠光等不同粉体新科技的搭配，有别于以往靠粉叠粉来遮瑕，现今透过光线折射，少量底妆就能创造淡化瑕疵的效果，建议搭配海绵、刷具、粉扑等工具，以少量多次的方式，针对不同部位，一点一点去堆叠出完美肤质。若脸上瑕疵轻微，选用秋冬时节适用的遮瑕润泽类底妆即可，假使斑点、暗沉或纹路等缺点较明显，还是得搭配遮瑕产品，才能打造出，即使近距离接触也完美无瑕的裸肤质感。

Kevin 老师严选

M.A.C
紧致弹力遮瑕膏
可防水湿润型霜状质地遮瑕品，好推匀，用少量即可完全覆盖并自然修饰。

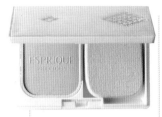

Beaute de Kose Esprique
丰靡美姬·无瑕轻透润粉饼

将所添加的保湿成分加以 1 / 20 细微分子处理，提升润泽效果且粉质依然细致轻盈，打造裸妆般好印象。

Dior
光柔矿物水粉底

添加丰富能量矿物水成分，在肤表形成薄雾质感，即使换季时节偏干性敏弱肌肤，或做完医学美容疗程后使用也安心。

BOBBI BROWN
飞霞刷

沾取修容蜜粉甚至是粉饼，少量打磨般在脸上轻画圆，即使技巧不纯熟的一般人，也能轻松打造专业级彩妆。

LANEIGE
黄金亮白立体光粉底

独创打亮修容二合一，上层打亮修容与下层保养型底妆，可颠倒顺序搭配使用，可创造立体小颜或光亮美肤不同妆效。

CHANEL
光采透亮蜜粉饼

粉桃色限量品，尤其用在亚洲人偏黄的肌肤，能在秋冬时节创造自然好气色。

PAUL & JOE
糖瓷轻盈丝润粉底乳

粉底液一向是以亮度美化肌肤中的佼佼者，新升级款利用提升保养配方、神秘金粉成分，随光线折射，细纹、斑点都视觉上都不明显了。

laura mercier
饰色隔离霜

高密度粉质、延展性佳、修饰能力优的三大特色，加上最适合人体肤色的黄色为基调，只需少用量就能精准柔焦美化肌肤，满足你对隔离霜的期待。

MAYBELLINE
纯净矿物粉底液

能以实惠价格买到的专柜等级底妆人气商品，以有益肌肤的矿物亲肤配方，不阻塞毛孔地打造彷若天生的健康基质。

SHISEIDO
时尚色绘尚质粉霜

尤其适合偏混合性肌肤选用，涂抹瞬间浓稠膏状化成粉雾质地，改善肌肤粗糙、毛孔粗大的现象，持妆、遮瑕力佳。

奢华感饱满肌质，来自于保养型底妆……By 丝棋

夏天肌肤容易因为出油、出汗而显得暗沉，但一进入秋冬换季前的尴尬时节，却也常因环境温度、湿度的改变，造成肌肤像是来不及调适而感冒了般，显得缺乏元气，即使用底妆遮盖，也似乎效果不彰。

此时，或许该考虑改选用一款添加丰富保养配方的新型态底妆品，借由保湿、活颜等成分，搭配修容粉体科技，让上底妆的第一道程序，就让肌肤像是同步做了保养般，显得饱满丰润，创造所谓的"奢华自信"风采，后续彩妆色泽也会倍加鲜艳亮眼。

丝棋老师严选

JILL STUART
莓淬果露亮白美肌粉
兼具美白防晒、平衡油脂等功效，提升肌肤透明感，持妆不干荒，散发淡淡甜美果香。

smashbox
瞬间光采紧致凝露
　　曾获得美国美妆杂志推荐的明星商品，妆前使用能借由所蕴涵的专利活性配方，抚平粗大毛孔，紧致肌肤轮廓，避免上妆后细纹反而浮现的困扰。

GUERLAIN
24K 纯金光修饰笔
　　轻刷于 T 字部位，能提亮塑造立体轮廓，也可针对眼周暗沉、纹路做淡化修饰

SK-II
焕能紧颜粉凝霜
　　因添加 75 % 的粉凝霜成分，上底妆就像做保养一样有美肤效果，褐色层、乳白层双搭配，塑造紧致润泽的娇小脸蛋。

SK-II
焕能拉提双面膜
　　尤其推荐给上底妆前感觉脸松垮、细纹似乎特别明显的急救用面膜，上层横向抚平纹路，下层全面提升，紧致眼下、嘴角、脸颊等处，上妆后更显青春光采。

SHISEIDO
心机长效立体光妆前乳
　　像是在涂抹美容液般好推匀质地，修饰毛孔不平整处，并辅助后续粉底液加倍服帖持久，具 SPF24、PA++ 防御力。

Dior
光柔矿物水遮瑕膏
　　专为眼周设计，含有 40% 能量矿物水成分，能以轻薄妆感修饰瑕疵，也可用于加强鼻翼精致度、淡化脸部泛红。

shu uemura UV
无重力隔离露
　　尤其推荐给希望润色更好、防晒更高，肤质粗糙、不够平滑，习惯乳液质地，想要更保湿及平滑肤质的消费者，塑造平滑水嫩的明亮肤质。

BOBBI BROWN
化妆海绵
　　一包内含多块三角海绵，用来推匀底妆、遮瑕都很顺手好用，是许多专业彩妆师的必备工具。

PAUL & JOE
糖瓷轻盈完美遮瑕膏
　　以两种球状粉体搭配加量的遮瑕粉体，确实修饰在意的部位，紧贴肌肤形成透明干爽薄膜。

水与粉体比例，是敏弱肌肤的首要考虑……By Vincent

随着地球暖化、环境污染危机加重，热更热、冷更冷，更容易导致肌肤的敏感脆弱现象产生，当然，医学美疗程的流行也是因素之一，所以每日上彩妆前的底妆程序，格外重要。夏天流行的控油类底妆，对换季时节容易敏感的肌肤并不适合，建议考虑选择含水量高、粉体比例不要太重的底妆品，减低产生不适应的可能刺激。购买时不妨先试用涂擦在手背上或脸上，再去逛逛街，等一会儿再来观察变化，如果肌肤依旧呈现透明水嫩感，而非厚重雾面感，那么这款底妆就是帮你度过秋冬季节前尴尬期的好选择。

Vincent 老师严选

1028
光影雕塑轮廓饼

浅色强调立体五官，深色则柔化脸部轮廓线条，深浅交互搭配，勾勒出梦想中的V形脸庞。

sisley
瞬效拉提亮颜精华

　　融入粉红色珍珠母贝光泽，加上植物性匀亮配方，与能360度反射光线的微球体科技，搭配底妆使用，更能呈现年轻肌肤的紧实光彩。

GUERLAIN
24K 纯金光镜面粉饼

　　半粉凝霜状质地，带给肌肤无负担的滋润度，附上皮制背面的柔软海绵，宛如高级工艺般精致优雅。

1028
亮采眼部
隔离精华

　　考虑脆弱眼周肌肤易受刺激、拉扯出细纹，添加法国皇室美肤秘方海茴香活肤因子，加上樱花、银杏配方，帮助眼周底妆更明亮。

ESTEE LAUDER
白金级极致赋活光灿粉底液

　　一款拥有宝石、珍珠、奈米悬浮金等，多样顶级配方的奢华粉底液，即使逐渐叠擦增加遮瑕度，也无须担心浮粉厚妆问题，展现修片过后般的肤况。

IPSA
自律循环粉霜蜜

　　依据肌肤水油比例区分成四大类肤质需求，分别研发出适用的保养型底妆，瞬间柔化校正各类肤况的问题瑕疵。

ANNA SUI
魔幻蔷薇超保湿
两用粉饼

　　婴儿使用规格的超柔细光采粉末，含多种天然保湿抗氧化成分，瞬间水嫩柔滑肌肤，同时持妆不暗沉。

GUERLAIN
24K 纯金光粉底液

　　添加了从24K纯金中，提炼而出的双面粉底粒子，能完美反射外来光源，修饰脸上瑕疵，并隔离防护外界刺激伤害，研发能衬托出亚洲人最佳肤色的偏亚麻肤色调。

BOBBI BROWN
飞霞刷

　　此品牌的各类刷具一向在彩妆师中，都拥有很高的拥戴率，丰厚柔软的弹性刷毛搭配修容饼，能匀称打造肌肤光泽。

GIORGIO ARMANI
无瑕丝光防晒粉底液

　　服帖薄透的透明米色基底，让秋天的肌肤展现恰到好处的明晰色泽，宛如名模般摩登优雅。

冬の雾感美肌

底妆是所有妆彩中的基本功，粉底打得好，才能衬托出妆容的完美。适合冬季的肤质妆感以粉雾肌为最上乘，可表现出奶最纯净气质的肤色。在此，KEVIN 老师将传授你最强的打底步骤与粉妆技巧，想要达到雾感美人肌境界，现在就一起来试试吧！

文·执行／周学莘 摄影／陈敬强 化妆／Kevin 发型／Ken（How Mei）插画／525
模特儿／陈庭妮（凯渥）服饰提供／Mew Mi 国际精品、La F'eta

粉雾肌技巧 Q&A

Q1 想画出完美优雅的雾感肌，首要留意的技巧与细节？

任何质地的底妆要画得完美，妆前保养步骤都是不可忽略的重点，尤其是粉雾肌的粉质更重，浮粉状况更易出现，充分补充保湿隔离霜，能帮助肌肤维持保水度在最佳状态，底妆就能与肤质更密合。粉雾妆效并非一定要用粉饼或粉状产品达成，而是用乳＋粉来融合出精致粉感又透明的肤色。雾感肌会给人较重的妆感，所以眼妆不建议使用色重或鲜艳的色调，大地色或淡粉色系眼影，最能显现气质妆容，除非为了展现复古妆效而搭配的红唇，其余浓重的妆彩，一不小心皆易落于俗艳。

Q2 不同肤质的人分别适合何种类型的雾质粉底型态？

霜状粉底是最能呈现粉雾肌的质感，但越雾质就越不保湿、透明度越低，掩盖了肌肤本身的质感与色度，相对地遮瑕力也会越强；而冬季粉底为了锁住肌肤水分，以适应当下的环境气候，油分含量会较多，妆感也易较为厚重。干燥或混合肌建议使用液、霜状粉底，或保湿力较高的成分，完全无油分的底妆品就不适合，而油与水分易让肤质显油亮，最后只要有蜜粉定妆的动作，即可达成粉雾妆感；油性肌与肤况不佳的人则可用粉条、粉凝霜、浓缩型粉底或粉饼打底，遮瑕度够且最具修饰作用，产品本身就有完美的雾感妆效。

Q3 粉雾型粉底较易有厚重的妆感，如何避免或解决？

本身肤质好的人，粉底可以打得轻薄，再用大量蜜粉上妆，粉雾妆效就能相当完美；若是得仰赖遮瑕的问题肌，在使用步骤上就要小心，切勿大面积的整片遮瑕。即使是有斑的人，也不建议直接用遮瑕膏大片遮盖，你可将遮瑕膏与粉底液混合，在斑点处上妆，局部提升粉底的修饰力，效果也更自然；若是痘痘状况，则用遮瑕笔沾膏，单独点在需遮掩的问题点就好，避免出现层层叠叠的打底动作，妆效当然就会轻透。

Q4 要维持粉感肌的完整纯净，补妆有何诀窍？

因肌肤上的粉质已较厚重，所以不可再用吸油面纸在脸部擦抹吸油，以免粉底跑出小纹路或产生结块，建议改用干净的海绵在出油或浮粉处按压，利用其本身的重量与毛孔融合（除非油量太多吸不完，可将吸油面纸包住海绵轻压油光），使粉服贴，并吸除油分与脏污。干性肌可利用刷子沾取蜜粉轻刷全脸补妆，减少过多粉质的负担；油肌或状况不好者，可用轻薄型粉饼或蜜粉饼，搭配海绵少量沾用，按压补妆，重现干净轻透的粉感，并有持妆度高的优点，切忌使用乳霜状粉底重覆上妆的补妆方式，如此会使肤色越补越浊。

雾感质地底妆品推荐

粉底液／霜

拥有高度的延展性与保湿力，妆效能与肌肤最自然融合，故较透明，遮瑕较差，且在呈现粉雾妆感时效果较低，最好再搭配蜜粉定妆，减低肤质的湿润感与油光。

CHANEL 紧致无瑕粉底

shu uemura 型塑粉凝霜

粉饼

多数为干湿两用，干擦时妆效较轻薄透，湿抹时妆感较重，与肌肤也较贴合。饼状粉底因其使用上的便利性，也是补妆时的良伴，但无论干或湿用，都要留意少量多次的使用诀窍。

图右：CLARINS 柔焦两用粉饼
图左：CHRISTIAN DIOR 新光柔恒色亲肤粉饼

粉凝霜

虽名为霜状，但质地介于粉底霜与粉饼之间，有着 CREAM TO POWDER（霜→粉）的特性，在推抹于肌肤时，会让乳霜成分转变为粉末般的触感质地，会较粉饼更服贴，遮瑕力也较强。

图上：BOBBI BROWN 水嫩光采粉凝霜
图下：BIOTHERM 活泉水凝粉霜

蜜粉

所有乳霜类粉底妆帮手，尤其是想达到完美粉雾肌的必备工具，在强调雾面底妆效果时，蜜粉也应选择不含有珠光或亮粉的质地，白色或紫色蜜粉可呈现清透肌感，而肤色蜜粉则让肤色显得自然。

肤色：LANCOME 轻透纱无瑕蜜粉
白色：Za 美白嫩肤粉

冬季雾感粉肌最强 11 Steps

雾面底妆就怕看似如面具般的妆容，因其粉质成分较重，所以才易显得肤色偏白，故在选色时就要小心为妙！用色上要选择最贴近脸与颈部肤色的底妆用品，可将粉底试用在两颊与脖子交接处，挑选最接近的色系，绝对勿犯了东方人喜爱挑比自己白一色的粉底，反而弄巧成拙，画出面具白般不自然妆效，若仍希望让肤色表现出白皙立体效果，只需在 T 字等轮廓较高的部位，局部提高底妆的亮度即可。

1

着重妆前保养
保湿工夫不可少

Kevin's Tips

干燥型肌肤搽适妆前乳，着重高效保湿，若肌肤易出油的人，在T字部位重点要留意之外，可再增加使用一些有含防晒或具控油功效的妆前打底，让肤质不会过油与且避造毛孔问题。帮助后续的底妆妆效不易脱妆且更有持久感。

无论任何时候或季节，上妆打底前，肌肤一定要够柔软、保水，才是画出最佳妆容的关键，所以事先的保湿乳液或隔离霜，一定要使用足够的分量，防晒部分则可另外再加强即可。

L'OREAL
完美吻肤亲肌系妆前润泽凝露

GIORGIO ARMANI
隐形美肌妆前乳

2

局部珠光饰底
加强轮廓立体

Kevin's Tips

试完妆面或T字等较易出油的部位，否则会搞成易全脸泛油，底妆妆效上要留意底妆气够无遮瑕感较好，轻薄度要妆效佳，珠光微量即可，以达到调整调整肌肤的光泽度，我个熟肌人建议用金棕黄珠光，后肌部分可用珠光饰妆饰。

珠光饰底乳用量约1元硬币的一半大小，使用在 T 字与两侧颧骨处，局部提亮 HIGH-LIGHT 部位，让脸色表现出轻盈明亮的光感，利用光线效果，从肌底创造出立体脸型，调和粉质底妆易显扁平脸的状况。

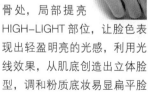

嫩黄珠光 sisley
清盈柔肤 饰底乳

粉红珠光 NARS
防晒 持久饰底乳

3
明采笔修饰
柔化眼部细纹

　　在有老化现象的泪沟型黑眼圈眼头处，与有小细纹的眼尾，刷上明采笔，利用其明亮珠光的妆效，因光线反射产生柔焦作用，柔化暗沉并膨胀掉纹路的问题。

Kevin's Tips

明采笔除了有遮盖细纹的功效，因其水润珠光质感，还能同时有帮眼周保湿的功能，质地非常的柔和平滑，使用时一定要用指腹轻点晕开，才不会让妆感过重，也才能达到明亮的效果。

ESTEE LAUDER
光感立体轮廓笔

4
粉底刷上妆
粉雾妆效最完美

　　用专业粉底刷打底，粉底在肌肤上的量会较多较厚，可更易遮盖肌肤上的缺点，达到不透明的粉雾肌感，使肤色如陶瓷般匀称精致。

Kevin's Tips

笔刷的上妆方向原则上是由内往外、由下往上。双颊为横拉至太阳穴微扬（如眼膜的形状），额头是从眉心往上放射状刷至发际，下巴至两侧腮子呈 V 形向上刷，除了鼻子与人中是由上往下之外，其余绝不可以有向下刷的动作，因毛孔方向是往下的，所以粉底若无法融至毛穴中，底妆就会有小洞出现。

CHRISTIAN DIOR
舞台抢眼粉底液刷

5
浅色遮瑕膏
打亮三角地带

　　由于雾面肌缺乏光线修饰，不易表现立体肌的作用，所以尽量利用不同深浅色的底妆品为脸型做修饰，浅色遮瑕膏用于脸部中心的三角地带，巧妙地让此区肤色明亮，凸显五官。

Kevin's Tips

大家常会说鼻挺、电眼是成为美女的要件，利用浅一色的底妆打亮鼻梁、眉心与眼下三角至眉骨周围，即能立即让眼神明亮清澈，并且自然提升五官的立体度。

6
借由明采笔光泽淡化法令纹

　　将明采笔沿着法令纹凹陷处画一条上色，借由细致光泽的水润遮瑕，减轻纹路深度、修饰阴影，千万别用厚重的遮瑕膏遮盖，会造成更明显两道黑影凹痕的反效果。

Kevin's Tips

　　从鼻翼两侧起往外侧脸颊，顺着法令纹的上色线条，以指腹由下往上轻轻拍弹的方式，将遮瑕乳弹匀融入肌肤中，绝对不可沿着纹路往下拉的方法，会有更明显不匀的线条出现。

7
搽深色遮瑕为脸型修容

　　用比粉底较深一色的遮瑕膏，在两侧腮帮子处直接用指腹或海绵沾取上妆，打出深色修容，使脸型呈现立体巴掌脸的效果。

Kevin's Tips

　　选择有防晒功能，质感清透易推匀，专为脸部底妆设计的粉底或修容，搽于腮帮子、发际、脸颊、眉下方、鼻头往两侧到眼窝的凹陷处，也可搽点深色修容，创造自然的立体效果，用后的深度由浅到深渐进式堆栈。

BOBBI BROWN 专业完美遮瑕组

8
利用遮瑕小笔刷补充底妆细节

　　用遮瑕笔沾取剩下的粉底液或霜，在鼻头、鼻翼、两侧凹缝、嘴角四周等脸上小细节的地方，由上往下或顺着鼻缘弧形的方向，刷匀卡粉或不均匀的粉底，为乳霜型底妆做更完整的补充与收尾。

Kevin's Tips

　　这个动作只是为了重新检视脸上容易忽略到的细节部位，如粉底是否上匀或有无卡粉结块，所以不需再沾大量的粉底，只需用手中剩余极少的量来湿润刷毛，让卡在纹路中或大笔刷无法完全接触到而遗漏的部位，底妆更顺滑与服帖。

M.A.C 专业遮瑕刷

9

海绵按压肌肤
粉底更服贴

用厚度大、较密较扎实的干净海绵，在全脸肌肤轻轻弹压，帮助吸附多余油脂，并使遮瑕膏、粉底等底妆品，与肤质充分服帖融入（尤其是双眼皮褶内的卡粉），避免接下来使用蜜粉或粉饼定妆时，出现结块状况。

M.A.C
化妆海绵

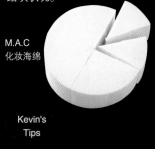

Kevin's Tips

10

粉扑沾蜜粉定妆
适量均匀为宜

蜜粉颜色选择要与本身肤色最接近或透明效果（白或紫色且粉质柔细）的蜜粉，才不会有过重的面具感，使用粉扑定妆能让妆容细致，粉雾效果明显。但要让蜜粉十分均匀地糅合在粉扑绒毛中，完妆才会薄透匀贴。

将蜜粉直接洒在粉扑上，对折搓揉，使粉末揉入于绒毛中，若两者还是未均匀融合，可再用大蜜粉刷刷匀粉扑上的粉末，如此就能达到效果。

Kevin's Tips

肌肤偏干的人，用粉扑定妆较容易有浮粉现象，建议将已含有蜜粉的粉扑，在手掌中心画圆压匀，增加粉·的温度与湿度，再·上蜜粉时就会好上妆。

11

蜜粉刷轻扫全脸
肤色均匀粉嫩

将蜜粉刷上的余粉，在粉扑照顾不到的地方如：鼻翼的死角、眼窝等处，用粉刷补充定妆，而鼻梁周围较易沾附过多粉的地方，也可利用刷子将其刷匀，最后用手掌包覆轻压全脸，使妆容柔和服帖。

Kevin's Tips

GUERLAIN
蜜粉刷

COPY 广告必备妆容
绝美雾唇 冬日完全诱惑

别再以为雾面唇妆只是熟女标记，那些重新翻红并且迅速席卷巴黎、米兰各大时装秀的雾感美唇，同时也是精品广告的必备妆容！小凯老师将教你如何画出迎合各场合需求的绝美雾唇，即使买的是支水亮唇膏，用点小技巧也能幻变出不同质感，享受唇妆乐趣。

文·执行／苏釉　摄影／陈敬强　模特儿／SANDRA　化妆／张景凯　发型／JOSHUA（EROS）　造型／小瑜

原色裸唇✕摩登都会味

现在许多裸色系唇膏的质地多是接近半粉雾质地的！小凯老师透露，从前曾经红透半边天的粉雾唇，被后来新崛起的唇蜜水亮质地抢尽锋头，以致于一般人似乎总停留在雾唇＝深色系的刻板印象，经过高科技不断精进改善，现在的雾面唇膏延展度佳、也能保湿滋润不干燥，选择接近原味唇色的自然淡色系，也能十分青春洋溢，更添了摩登气息。

小凯的美雾唇幻变术
刷点珠光眼影做渐层

先涂抹上你自己原本的自然裸色系唇膏后，以面纸稍加轻抿掉表面多余油分，然后以带点珠光感的淡粉红色眼影，用眼影刷沾取点、轻叠压在上下唇的中央内缘，让双唇绽放出光晕般的渐层变化。不仅创造出浓浓时尚味儿，也能尽情玩弄裸色唇情。

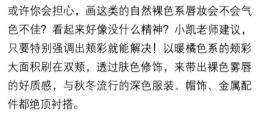

加分私房密技
关键：暖橘色系颊彩

或许你会担心，画这类的自然裸色系唇妆会不会气色不佳？看起来好像没什么精神？小凯老师建议，只要特别强调出颊彩就能解决！以暖橘色系的颊彩大面积刷在双颊，透过肤色修饰，来带出裸色雾唇的好质感，与秋冬流行的深色服装、帽饰、金属配件都绝顶衬搭。

原色裸唇发色定番品

Laneige 雪晶釉光无瑕唇膏 #SYR03

Kose Elsia 长效润采唇膏 #PK820

Bobbi Brown 润采唇膏 BABY19 色

Shu Uemura 无色限粉雾唇膏 bg954m 色

M.A.C 丝滑唇膏 CRÈME D' NUDE 色

BeautyMaker 超水嫩清透果漾唇膏 PRINCESS 色

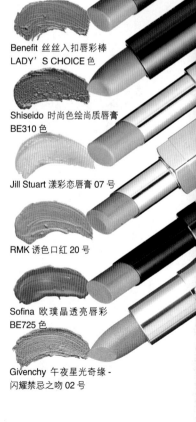

Benefit 丝丝入扣唇彩棒 LADY'S CHOICE 色

Shiseido 时尚色绘尚质唇膏 BE310 色

Jill Stuart 漾彩恋唇膏 07 号

RMK 诱色口红 20 号

Sofina 欧璞晶透亮唇彩 BE725 色

Givenchy 午夜星光奇缘 - 闪耀禁忌之吻 02 号

利用蜜粉替双唇披上薄纱

一支好用唇刷，以及熟能生巧的技术是化美雾唇的必胜法则！当你选择了咖啡红色系的唇膏，若是过于水亮担心上班太招摇，不妨上完唇妆后先以面纸轻抿掉表面多余油光，接着轻扑上不具珠光感的一般蜜粉，最后利用刚刚唇刷残留的唇膏量，稍加补一下唇边色彩即可，瞬间幻变成具有秋天枫叶感的温暖雾唇。

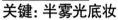

加分私房密技
关键：半雾光底妆

当你的唇妆是雾面质感时，所搭配的脸部底妆绝对得舍弃近似夏天用的清透款，但也无须整张脸粉雾到底而招致熟龄感，选择带点遮瑕效果的半雾光底妆即可！尤其是唇周肌肤的瑕疵一定要修饰，完美唇妆才不会漏馅。同时眼影以咖啡金打底，加点粉肤珠光凸显全脸亮度，更能使深色系唇妆展现不老气的时髦姿态。

咖啡红唇发色定番品

Ipsa 菁华液唇膏 H752 色

M.A.C 水漾润泽唇膏 SOFT PAUSE 色

Lancome 玫瑰晨露光唇膏 113 号

Shu Uemura 无色限粉雾唇膏 WN 260M 色

Guerlain 高感度持久唇膏 160 号

Kose Esprique 华丽幻妆水润唇膏 rd610 色

Cosme Decorte 妆·魔法艳彩唇膏 RD431 色

Chantecaille 花妍香颂唇膏 TEA ROSE 色

Sofina 欧璞晶透亮唇彩 RD730 色

Nars 时尚经典唇膏 BEAUTIFUL LIAR 色

RMK 诱色口红 22 号

Givenchy 08 魅力四射唇彩盘 4 号

咖啡红唇×
上质知性感

雾面唇妆的魅力在哪里？看看大多数时尚精品广告的名模唇妆，或许就能得到答案——因为能够展现出等同高级布料般质感，那绵密的饱和度，凸显出女人的真实风采，也最能 100% 让唇膏不失真的挥洒色彩，就像讲求工艺技术的精品服饰，任何小细节都要完美。透过粉雾唇的雕塑，即使原本唇型有缺点，也能雕塑出持久的漂亮比例。

正味红唇×
性感魅惑貌

不看了这么多年的油亮亮唇妆，重新画上雾面唇妆时，让人有种当年初见唇蜜般的惊艳感，这就是流行的循环定律，也是种复古新解！尤其诉求油性、水亮的唇膏，常让人产生错觉而忽略唇部保养的重要性，直到卸了妆才发现嘴唇肌肤又干又暗沉。

雾面唇妆若是唇部肌肤状况不佳马上露馅，更能提醒自己平日就该定期做唇部去角质＋擦护唇膏的保养，并且多喝水，以内外补充水分方式，不管哪种质地的唇妆，都能轻而易举的完美表现。

小凯美雾唇幻变术
加宽版唇线巧妙描边

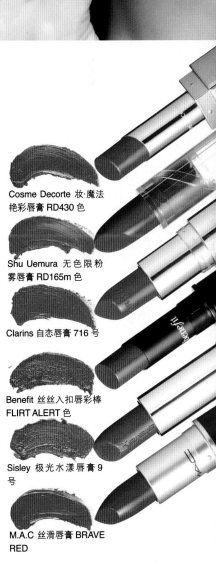

你有机会参加年底的派对盛会，就千万不要错过挑战红唇的机会，搭配你的小礼服、皮草配件，直接添购一支红色系半雾面质感的唇膏，先以同色系唇线笔沿着唇型轮廓，描出漂亮唇型，并稍加往唇内缘加宽范围，接着再涂抹上唇膏，这样即使因为吃喝东西而沾染晕掉时，也不用担心只剩下一个细细的唇框而尴尬万分了，只须补满唇内缘脱落的唇膏部分就行。

加分私房密技
关键：夸张烟熏眼

Chic Choc 唇笔刷

画红色系唇妆就像画烟熏眼妆，得要放手去做！想要尝试却只敢把颜色化的淡淡、范围化的小小，这样反而俗气，小凯老师提醒，大胆去勾勒、画满，才能释放出红色的抢眼张力，但同时得留意整体 TOTAL LOOK 的搭配，从发型、服装配件每个细节都马虎不得。眼妆则只要着重在以咖啡金、眼线加强立体轮廓感，色彩，就留给双唇当最佳聚焦主角。

正味美唇发色定番品

Estee Lauder
绝美金灿经典唇膏
J38 色

Clinique
持久唇膏 97 号

Jill Stuart
漾彩恋唇膏 01 号

Guerlain
金漾唇膏 531 号

Shiseido
时尚色绘尚质唇膏 RD514 色

Givenchy 法式丹迪女爵 -
禁忌之吻唇膏 38 号

Cosme Decorte 妆·魔法
艳彩唇膏 RD430 色

Shu Uemura 无色限粉
雾唇膏 RD165m 色

Clarins 自恋唇膏 716 号

Benefit 丝丝入扣唇彩棒
FLIRT ALERT 色

Sisley 极光水漾唇膏 9
号

M.A.C 丝滑唇膏 BRAVE
RED

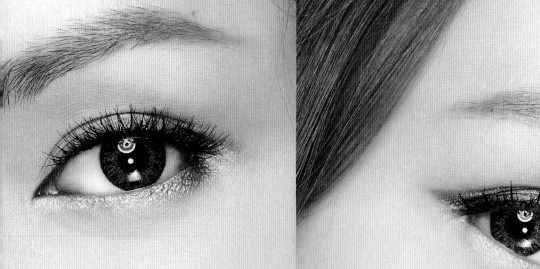

超简单超好画, 轻易上手!
缤纷色彩的"超强目力"

彩色眼线笔能创造出缤纷色彩, 但又不像烟熏眼影给人厚重感, 只要颜色搭配别出错, 就能创造出一种清凉的感觉。现在, 马上就跟着小凯老师学会彩色眼线笔的应用画法!

文·执行／Clay　摄影／Paul Chang　化妆／小凯　发型／Joshua（斐瑟）
模特儿／Sandra · Chrystal（会星堂）

彩色眼线笔教学 1

咖啡金 × 晕染式眼线

选择添加珠光的乳霜状眼线笔，晕染效果优，可以拿来当眼影使用，画法比眼影更简单。只要画出粗一点的眼线，使用眼影刷或指腹往上晕染开来即可。

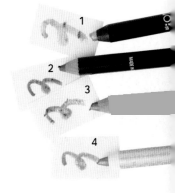

Step1.
使用眼线刷沾取黑色眼线胶，从眼头延着睫毛根处，描绘出细致的内眼线。

Step2.
选择咖啡金色眼线笔，从眼头开始，延着睫毛根处，重叠描绘在黑色内眼线上，描绘出略粗的上眼线，然后使用眼影刷稍微往上晕染。

Step3.
最后再使用根根分明型睫毛膏，延着睫毛根处刷拭出根根分明的上睫毛。

Finish! 晕染式眼线不容易出错，适合眼线初学者。

1.MAYBELLINE 色计师眼影眼线两用笔 能精准描绘出细致眼线却又能轻松推开作为眼影，抗汗水、泪水，持久抗晕染且漂亮显色。2.GIVENCHY 眼线笔 结合了覆盖力强的传统眼线笔以及着色持久的模制眼线笔两种优点。3.SISLEY 晶钻植物眼线笔 具闪烁光亮的粉末，以及添加野蔷薇油成分，具有优越的保湿润泽效果。4.DIOR 轻柔眼线笔 附上海绵抹擦棒以及削笔器，能更精准的描绘眼线，先进的雾光覆盖配方能给予肌肤舒适的感受。

彩色眼线笔教学 2

亮片紫 × 粉红色 × 双色叠刷式眼线

从同色调中选择两种相近色，深色打底，浅色叠擦在眼尾，创造出渐层的效果，就能创造出夏日缤纷的色彩。

1.LAVSHUCA 缤纷双用眼彩棒 可以是眼线笔，也可以是眼影笔，质地柔软，服帖度高，随性上色，双眸多彩缤纷！ 2.IPSA 新肌色眼彩笔 净透显色，自在勾勒出极致纤细线条的眼线笔。描绘利落线条后，再轻柔推抹开来即是眼影。3.Ettusais 焕色炫彩笔 鲜艳的显色度以及微细珠光的光芒，创造出深刻的眼神魅力。4. 丰靡美肌 双色眼线笔 可以勾勒分明线条的深邃色彩以及可提升明亮感及制造出晕染效果的明亮珠光色彩。

Step1.
选择添加小亮片的紫色眼线笔，从眼头开始延着睫毛根处描绘出细致的上眼线。

Step2.
接着再选择添加小亮片的粉红色眼线笔，在眼尾 1/4 处涂抹，可重叠在紫色眼线上。

Step3.
最后使用棉花棒，将粉红色眼线稍微往上晕染推开，创造出眼尾粉红色的晕染渐层效果。

Finish! 在同色调中选择相近色，是不出错的色彩搭配关键。

彩色眼线笔教学 3

绿色眼线笔 × 绿色眼影 × 上下眼线画法

彩色眼眼笔好画是最大特色，但乳霜质地容易晕染，建议可叠刷一层同色系眼影，就可以改善。

1.MJ 亮眼珠光眼线笔 利用金色系与银色系，混合出华丽的光辉，创造出勾人的眼神。

2.SISLEY 植物丝缎眼线笔 添加了野蔷薇油以及维生素 E 成分，具有保湿润泽并抗自由基的效果。

3.Ettusais 焕色炫彩笔 金色系系为珠光能完美服帖于眼部，耐汗不晕染。

4.SHISEIDO 心机长效眼线笔 展现深邃黑瞳浓密眼线，紧密服帖抗水、抗皮脂，不易因眨眼而晕染的眼线笔。

Finish!

选择和眼线笔同色系的眼影叠刷，就可以让妆更显色更持久。

Step1.
选择带有珠光的绿色眼线笔，从上眼尾 1/3 处，延着睫毛根处描绘出上眼线，眼尾可稍微上扬。

Step2.
接着再由眼头往眼尾延着下睫毛根处描绘，在眼尾处一定要和上眼线连接。

Step3.
最后使用眼影刷沾取同色系的珠光眼影，重叠刷在下眼线处，能帮助眼线持妆不晕染。

彩色眼线笔教学 4

蓝色 × 上眼线式画法

晚上约会来不及了吗？只要化妆包里有一只彩色眼线笔，画出略粗的上眼线，眼尾加粗及上扬效果更优，最后再刷上少许珠光眼影，简单快速的约会妆立刻搞定！

1.MJ 新魔法之露眼线液 旋转式自动笔管设计，可轻松描绘出纤细或是大胆的线条。2.NARS 星光褶褶亮彩笔 带有银色亮片的明亮天空蓝色色调，能够轻易推匀并保留眼影霜的特质，适合晕染。3. 丰靡美肌 双色眼线笔 柔滑的触感，可以滑顺地描绘眼线，即使长时间也不易晕染暗沉，能维持刚上妆的美丽妆感。4.LANCOME 立体大眼眼线笔 介于蓝绿色之间的微妙色泽，能将肤色衬托得更干净、白嫩。

Finish!

利用彩色眼线笔描绘出略粗的上扬眼线，立刻创造出清爽的彩色妆感。

Step1.
选择带有珠光的蓝色眼线笔，延着睫毛根处描绘出略粗的上眼线。

Step2.
在眼尾 1/3 处重复描绘加粗，并且在最后一根睫毛处 45 度上扬。

Step3.
最后使用眼影刷沾取带有珠光的粉肤色眼影，重叠刷拭在上眼窝处，创造出聚焦的效果。

彩色眼线笔教学5

利用黑色内眼线，解决彩色眼线无神的困扰

　　鲜艳的彩色眼线虽然快速简单又好画，但比较容易出现双眼无神的困扰，小凯老师建议，可以利用基础型的黑色内眼线来解决。黑色眼线胶或是眼线液最优，绝对不能一笔画到尾，延着睫毛内侧仔细描绘，以及分成三段描绘就是成功的最大关键。

1.KATE 眼线胶组 显色度佳，持久不脱妆，质地柔软滑顺，轻松打造出烟熏妆感。2.MAC 流畅眼线凝霜 特殊的凝霜状材质，能轻易创造出柔顺的线条，独特的长效配方，不仅妆效持久，同时防水更不晕染。3.Loreal Paris 极致媚惑防水眼线胶 浓密发色、防汗防泪的抗水长效配方，一整天都不须补妆。

Finish! 多了黑色内眼线，眼神果然立刻变不同！

before

Step1. 使用眼线刷沾取黑色眼线胶，延着睫毛内侧，从眼尾往眼中仔细将睫毛空隙连接起来。

Step2. 接着再沾取少许黑色眼线胶，从眼中往前继续仔细描绘。

Step3. 最后再从眼中往眼头描绘，注意眼头的内侧千万别忽略。

彩色眼线笔教学6

利用白色眼线笔 + 银白色眼影帮助彩色眼线创造出大眼效果

　　如果想要眼睛有放大的效果，小凯老师建议，可以善用白色眼线笔以及银白色眼影，只要描绘出内眼线以及刷在眼头处就可轻易达到。

1.GUERLAIN 流金眼线笔 天然油蜡成分，拥有亲水及亲油特性，能在油水分泌较少的眼周，轻易地与皮肤密合。2.MJ 亮眼珠光眼线笔 具有偏珠光般的水润色彩，加入大量的珠光亮片，能使双眼看起来更明亮。3.IPSA 3D 双色脸彩 配合肤色的色调设计，自然融合衬托肤色，同时强调双眸特有的灵动之美。

Finish! 眼头的银白色眼影，有开眼头的大眼效果。

Step1. 选择白色眼线笔，从眼尾往眼头延着睫毛根处描绘。

Step2. 使用眼影刷将白色下眼线，往卧蚕处晕开。

Step3. 最后使用眼影刷沾取带有珠光的银白色眼影，刷拭在眼头く字处，打亮眼头。

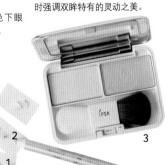

只要换了腮红，整个彩妆就不同

就算眼妆和唇妆都一样，选择不同的腮红颜色、使用不同的画法，就可以改变别人对你的第一印象。今天想要多点性感味？或是多点可爱女孩味？小凯老师要教会你，在夏天，眼妆、唇妆比较淡的情况下，利用腮红创造不同妆效！

Cheek
腮红教学 1

液状腮红创造出自然透出的红润感

　　液状腮红的特色是水的质地，延展性佳，能创造出仿佛从肌肤里层透出来的红润感，但容易推抹不均匀是缺点，建议初学者使用海绵按压比较容易成功！

1

2

1.Benefit 红粉菲菲唇颊露 添加玫瑰精华萃取成分，可以创造出玫瑰般羞涩的嫣红。
2.BeautyEasy 自然保养网 玫瑰水漾桃红下地 透明的水状腮红，能为脸部带来玫瑰般的红润肤色。

小凯老师小叮咛！海绵可以帮助液状腮红更轻易在肌肤上推开。

Finish!

水的质地，涂抹起来不但像从肌肤里层透出来，而且有清爽的粉雾感，很适合夏天。

Step1.
将液状腮红少量挤在手背上，使用指腹沾取轻点在颧骨下方。

Step2.
然后使用海绵将液状腮红，以按压的方式，往下、往右，轻轻地快速推开。

Step3.
最后再使用指腹轻轻按压，帮助液状腮红更融入肌肤中。

Cheek
腮红教学 2

珠光膏状腮红创造出光泽感双颊

　　膏状腮红属于油状质地，延展性也很优，但这种油性质地比较适合肤质好的人使用，肤质有小瑕疵的反而容易暴露缺点。

小凯老师小叮咛！多了蜜粉定妆，能帮助膏状腮红持妆不脱妆！

Step1.
将膏状腮红从鼻翼旁往颧骨处轻轻画出一道。

Step2.
使用指腹，以轻点的方式，将膏状腮红按压开来，范围是眼下到三角颧骨处。

Step3.
最后使用刷子沾取雾状蜜粉或是珠光蜜粉饼，以轻弹的方式，帮助膏状腮红定妆。

1

2

Finish!

膏状质地让肌肤散发出健康的光泽感。

1.NARS 亮彩膏 能轻易画出薄透的颜色，呈现出闪耀光芒的妆容，添加维生素 E 以及莓果油，具有保养功能。2.Elizabeth Arden 时空自然润采腮红霜 质地轻盈的霜状腮红，可以轻易的推抹开来，同时富含高效分子钉科技，淡化细纹与纹路。

小凯老师好用腮红刷，推荐！

基本上腮红刷都是椭圆形的，要选择一把好的腮红刷，除了你拿得顺手外，天然动物的刷毛，接触肌肤也会比较舒适。

LM 腮红刷

MAKE UP FOEVER 腮红刷 24s

腮红教学 3

粉红色粉状腮红创造出甜美苹果腮

粉状腮红的特色，在于可以创造出自然的光泽感，以及可以更服帖于肌肤，容易脱妆者，也可以再按压上少许蜜粉定妆。

Finish! 以画圆方式刷出甜美的粉红苹果腮。

1.Jill Sutart 爱恋菲妍颊彩粉 可轻柔服贴地延展晕染双颊，触感湿润，创造出洋溢纯净透明光泽的妆容。2.COFFRET D'OR 柔肌亮彩修容 呈现出净透、纤细光感，能柔化小细纹，呈现出具有光泽感的肌肤。

Step1.
使用腮红刷沾取粉红色腮红，从颧骨下方处为中心点，以画圆的方式往外刷拭，画出圆形腮红。

Step2.
接着将刷子往后延伸，范围不能超过眼尾下方。

Step3.
最后使用刷子沾取带有珠光的蜜粉饼，刷拭在眼下方，能帮助粉红色腮红创造出更干净、透明、粉嫩的妆感。

腮红教学 4

桃红色腮红打底 + 贝壳霓虹光，创造约会好感度

在腮红上刷上贝壳霓虹光，可以让肤质闪耀着动人的光芒，特别适合夜晚的妆容，而且约会前、派对前，多刷上这层霓虹光，妆容立刻变不同。

Finish! 刷拭贝壳霓虹光的范围很重要，大大会让脸有膨胀的效果。

Step1.
使用刷子沾取桃红色腮红，大面积刷拭在笑肌处。

Step2.
接着再将刷子直拿，在笑肌下方处强调出 V 字立体感。

Step3.
最后使用刷子沾取贝壳珠光，重叠刷拭在苹果肌处，创造出光泽感。

小凯老师清洗刷具小教室

平常可以使用一般的中性洗发精清洗刷具，一个月再使用洗刷水消毒刷具，洗刷水千万不能太常使用，反而会伤害刷具喔！

LM 刷具清洁液

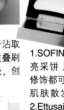

1.SOFINA 星钻美形明眸亮采饼 局部打亮、整脸修饰都可的两用粉饼，让肌肤散发出立体光泽。2.Ettusais 甜心蜜颊彩 使用触感舒适的粉扑，让肌肤从内散发出光芒，创造出闪耀完美的双颊。3.MJ 蜜糖修容饼 单独使用创造出肌肤的明亮感，犹如微整形般的 3D 三维效果。

腮红教学 5

橘色微笑线刷法提高你的亲切度

想要让自己看起来更有亲切感吗？一定要学会小凯老师的微笑线刷法，在双颊创造出笑脸般的弧度，能让你无时无刻都像是在微笑，自然让人更想接近你。

1.Benefit 甜蜜蜜四色蜜粉盒 不仅能一次糅合四款颜色用于双颊，接着可以选择自己喜爱的其中一款颜色，刷过苹果肌最高点的位置，增加层次感与色泽感。
2.CLARINS 苹果颊红 赋予肌肤如丝缎般亮丽，透明的妆效，不论在何种光线下，都能保持长时间的妆效。3.JILL SUTART 甜心爱恋颜彩盘 特殊亲蜡质地能使粉末均匀紧密结合，如融化于肌肤般的服帖。

Step1.
使用刷子沾取橘色腮红，从眼头下方垂直线下笔，往颧骨下方刷拭。

Step2.
接着再往上刷拭，创造出眼下方的微笑线条。

Step3.
最后再将刷子直拿，左右刷拭，将微笑线的弧度晕染开来。

Finish! 腮红的长度以不超过太多眼睛的长度为佳。

腮红教学 6

咖啡色斜长形修容，创造出修长鹅蛋脸

如果想要有修饰脸形的效果，可以选择咖啡色的修容饼，以斜长形刷拭在颧骨下方，就能将脸型自然的拉长，有鹅蛋脸的效果。

1.BOBBI BROWN 星纱颜彩盘 五个渐层色都可单擦当成眼影，也可直接刷上五个渐层色呈现出如彩虹般互相融合的美丽色泽。2.SHISEIDO 心机小颜光采修容 具有光影修饰效果的颊彩与修容饼。借由 5 种光影混合的修容粉末，使脸部轮廓立体鲜明，呈现出线条利落的小颜。

Step1.
使用刷子沾取咖啡色腮红，以斜长形的刷法，刷拭在颧骨下方。

Step2.
接着再将刷子往前延伸，创造出前浅后深的修容效果，能让脸型看起来变修长。

Step3.
最后使用刷子沾取珠光修容饼，刷拭在腮红外围，模糊修容色腮红和肌肤的界线，让妆效看起来更自然。

Finish! 利用修容创造出有如名模般的小脸效果

强调细致的烟熏妆感，呈现女性游走中性地带的神秘美感，以及极致奢华的品味态度。

DAY&NIGHT
妆扮纯真&性感

丝棋老师

夏天的脚步还没走远，秋天的浓郁色彩已经迫不及待沾染一地。秋天弥漫着一股复古奢华气息，不论日夜妆感，都散发着性感且迷样中带点吸引人的滋味。丝棋老师特别针对秋天的白天与夜晚各设计了两款动人的妆容，不管是纯真或是性感，都让你时时刻刻绽放令人动容的完美秋颜。

文·执行／ARIEL 摄影／陈敬强 模特儿／小蓝 化妆／游丝棋 发型／TERRENCE（EROS）服装提供／23区 饰品提供／ACCESSORIZE

DAY

难以捉摸的中性魅力

雌雄莫辨的妆扮与略带难以捉摸的烟熏猫眼妆感，是秋天最 IN 的性感 LOOK。斜长的眼型，透过烟熏技巧，细腻堆叠眼影色泽，精致画出烟熏妆感，同时强调女人眼神间的性感媚惑。不论是雾面或珠光质地的眼影，都是今秋打造性感烟熏的玩美要件。

STEP 1

棕色眼影大片晕染眼窝

沾取适量的棕色眼影，并大面积晕染在整个上眼窝，为整个眼妆做好打底动作，也让之后的妆感更具层次感。

DIOR 丝光五色眼影
添加水灿光科技，让珠光粒子可完全渗入粉彩中，创造出闪烁光影度的珠光色泽。透过不同金属棕色妆感，打造 DANDY 风格的华丽性感。

STEP 2

粉金色系打亮眼头，酒红色勾勒眼神

沾取适量的粉金色眼影，细细地点缀在上下眼头的前端。可让整体眼妆看起来比较粉嫩不深沉，距离感骤减。再以酒红棕色的眼影描绘下眼睑后 2～3 处，画出细致的眼线，让眼睛看起来更明亮有神。

MAC 柔矿迷光双色眼彩饼
矿物彩妆，不含油脂成分且粉粒大小细致绵密，绝不会造成肌肤多余负担。

MAC 柔矿迷光双色修容饼　独一无二、纯色订制，并且如同钻石一样，绝不会有相同颜色的两个产品，每个都是专属光泽。

STEP 3

暗紫靛色加强深邃感

最后以适量的暗紫靛色眼彩，加强在上眼睑眼褶处，并微微晕到眼窝，让眼神看起来更加深邃迷人。

STEP 4

棕色颊彩斜刷修容

颧骨下方大片斜刷修饰脸部线条，让五官更加立体有型。

MAC 柔矿迷光双色眼彩饼
缎雾面与闪亮面两种质地可用于全脸修容，瞬间展现最自然的美丽光彩。

STEP 5

裸色唇膏打造摩登气势

以裸色唇膏点缀双唇，让整体妆容更具中性感，给人摩登十足的印象。

SHISEIDO 心机恒光灿唇膏（特调版）BE305　由时尚大师克里斯多佛肯恩特调的时尚色彩唇膏。

深棕色对带金色光泽的土耳其蓝一见钟情，冷热的冲击，将女人温柔甜美的气息，做了最完美的呈现。

DAY

洋娃娃般缤纷微甜眼彩

金棕色搭配土耳其蓝，呈现出的就是甜美却性感的清新微甜气息。看似复古怀旧的色彩，搭配了极具存在感的缤纷眼神，却呈现出意外和谐，创造出微甜性感妆容。初秋一抹温暖的阳光，撒在如花儿般绽放的缤纷脸颊上，烘托出让人忍不住赞叹的甜美氛围。

STEP 1

土耳其蓝勾勒眼神

以土耳其蓝眼线笔在上眼褶处细细勾勒出神秘甜美的性感眼神。眼尾处不必特别向上提拉画出飙高的线条，只需平行带过即可。

MAYBELLINE 快捷夺目持久眼影笔 缤纷饱和的色彩，快速呈现冲击性高彩度妆感。超防水、抗搓揉，整天都不晕染。

STEP 2

草绿色眼影增加光泽感

沾取适量草绿色眼影，点缀在眼尾处，并与土耳其蓝之眼线相接。此步骤能让眼妆瞬间提升明亮度，更增添光泽感。

COSME DECORTE 妆·魔法耀眼彩盘 由于具有高度透明性，即使重叠刷试延展，仍可保持纯净的显色。妆点眼部彩妆纯净澄澈的印象。

DIOR 品味格纹眼影盘 提供今秋必备棕色调，表层透过浮雕科技压印上最具时尚奢华代表的鳄鱼皮革纹，打造奢华神秘性的魅力风采。

STEP 3

金铜色再次晕染

接着以金铜色眼影晕染整个眼窝，并微微拉至下眼。金铜色搭配土耳其蓝眼线，让整体眼妆更有层次感。

STEP 4

橘棕色系腮红刷出时尚感

以橘棕色系腮红轻轻在脸颊大面积刷过，别再挑选桃粉色的腮红，避免呈现过于甜腻的妆感。

LANCOME 恒河骄阳修容盘 除了以刷具混匀三色粉末后全脸修容或作为自然腮红外，大象身体的粉色亮粉可用于局部打亮，亮橘色挂布区可以手指涂抹成为眼影或是单独腮红使用。

STEP 5

桃粉色双唇呼应缤纷眼妆

挑选桃粉水嫩色的唇彩，与整体彩妆做完整的呼应。

SHISEIDO 心机恒光灿唇膏（特调版）RS208 由时尚大师克里斯多佛肯恩特调的时尚色彩唇膏。

眼神绝对是极富魅力的彩妆重点，复古摇滚又带有庞克气息的魅力眼神，最适合较有个性的女人。

NIGHT

游走复古与摩登间庞克烟熏

运用明暗对比效果，打造变幻版的紫秋庞克烟熏，最能完美诠释深邃且神秘的动人双眸，展现自信魅力的时尚神采。以黑色搭配紫红色的眼妆再加乘时尚的奶油裸唇，优雅复古与摇滚庞克看似对比却完美调和的酷帅妆容，浑然天成。

STEP 1

紫红色大片晕染打底

以海绵棒沾取适量的紫红色眼影，并大胆直接晕染在整个上眼窝，做好整个眼妆打底步骤。

SHISEIDO 心机完美特调眼彩 由对比色调衍生而出，展现大胆创新的眼部风情，霜状与粉质两种质地巧妙搭配，展现光影跃动的时尚感。

STEP 2

用黑色眼影强调眼头轮廓

接着以钻石黑色眼影来强调眼头轮廓，达到眼部放大与立体的效果。

CHANEL 单色宝石眼影 闪耀着荧光的深黑色泽，在眼周形成烟熏光晕，彰显眼神的深邃魅力。

DHC 完美液态眼线笔 细致且具弹性的笔尖，轻松就能画出均匀流畅的完美线条。

STEP 3

黑色眼线描绘整个下眼睑

与 STEP 2 结合后，让整体烟熏妆摆脱只是大片晕染的俗套，使眼神看起来更有个性，创造出更有变化的烟熏妆感。

STEP 4

红色睫毛膏再度打亮

挑选红色的睫毛膏，以点缀的方式在睫毛顶端轻轻刷过，虽不会透出明显的红色色泽，却可以达成整体眼神打亮的效果。

L'OREAL 放大靓纤长分明睫毛膏 专利特殊的橡胶弹力刷头，柔软地抓住每根睫毛。

STEP 5

奶油光泽裸唇，时尚感大加分

带有光泽感的裸唇，绽放出如奶油般的浓郁光芒，呈现低调奢华的名媛气质。

BOBBI BROWN 星纱唇蜜 时尚的裸色唇蜜，润泽质地能紧密帖服于唇瓣，绽放耀眼光泽。

时而天真浪漫、时而神秘优雅，让人捉摸不定的万
种风情，就是最动人的绝世名伶风采。

NIGHT

炫惑摇曳的绝世名伶风采

透露冶艳氛围的飘扬长发、充满异国风情的配件，秋冬伸展台上透落着充满神秘名伶的动人魅力。以每年秋冬必定流行的经典灰蓝色眼影，搭配突出醒目的土耳其蓝巧妙点缀，创造出恰恰好的神秘、狂野、性感魅力。

STEP 1
以黑色眼影将整体眼眶线条拉长

以海绵棒沾取适量的紫黑色眼影粉，仔细描绘整体眼型。将整体眼形拉长，使眼神更添性感气息。

CHANEL 放电眼影盒
不仅能呈现六○年代的复古眼线，若沿着睫毛根部晕染，也能呈现摩登感十足的淡雅眼妆。

STEP 2
以土耳其蓝色眼影点亮眼头

以土耳其蓝眼影笔在上眼头前 1～3 处细细描绘，让眼妆更具层次精致质感。

MAYBELLINE 快捷夺目持久眼影笔 缤纷饱和的色彩，快速呈现冲击性高彩度妆感。超防水、抗搓揉，整天都不晕染。

GIORGIO ARMANI
08 秋冬限量脸彩盘
搭配三种颜色眼影的多用精巧美妆盘，以最 IN 的蟒蛇皮革纹彩，创造眼部的独特妆感。

STEP 3
灰蓝色眼影整体描绘

以灰蓝色的眼影描绘下眼线并带到上眼尾处，并从上眼尾处，将灰蓝色眼影往回推至与土耳其蓝眼线交会处，最后用眼影刷将灰蓝色与土耳其蓝色色彩晕开，使妆效更自然。

STEP 4
咖啡橘腮红创造神秘性感妆效

以咖啡橘红色的腮红大片斜刷于两颊，就能展现性感神秘但又健康不过于夸张的效果。

SHISEIDO 心机玩美特调颊彩 运用明亮色与颊红色混调的四色渐层式腮红，轻松打造浑然天成的好气色。

STEP 5
最后以裸色唇蜜点缀

由于眼妆已经相当抢眼，此时建议以较不夺目的裸色唇彩巧妙点缀整体妆容。

植村秀无色限粉雾唇膏 首创"纯色元素"与"唇肌弹力保湿因子"两项兼具妆感与舒适度的优质成分。

温度每上升一度，
皮脂分泌量立即
增加 10%

T字泛油光、毛孔
粗大，是夏日妆容
最容易遇到问题

室内 VS 室外温差
过大，将破坏肌
肤 PH 值的平衡

紫外线会带走肌
肤 15 ～ 20% 的
水分

夏日底妆 "轻透为上" 原则！

盛夏 8 小时 不脱妆秘技

夏日阳光有越来越毒辣的迹象，维持妆感的轻透感变得
遥不可及吗？通过小凯老师独家的妆前修饰与轻透底妆步骤
教学，没有厚重的妆感，即使补妆也如刚上妆的新鲜、自然。

文字·执行／Pinkyla 摄影师／陈敬强 化妆／小凯 发型·Stone

夏日最爱"轻"底妆登场

妆前饰底乳的功能在于可提高粉底与肌肤之间的服贴性、看起来更加平滑，后续的底妆只要薄薄的一层，即可打造出完美无瑕的轻透好肤质。

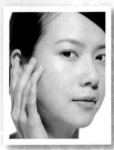

Step 1
同样也是用中指指腹沾取粉底液，在两颊开始以拍打的方式上底妆。尽量避免推、拉动作伤害肌肤。

Step 2
快速以放射状的方式将粉底液从上到下往太阳穴、发际处延展开来。

Step 3
全脸均上完薄薄一层的底妆后，对于眼周的黑眼圈，再多加一道眼部遮瑕。

Step 4
若出现痘痘、痘疤、斑点等小瑕疵，借由遮瑕笔轻轻的覆盖一层，将缺点隐形。

Step 5
利用轻盈、粉雾的蜜粉，轻轻按压两颊、T字与下巴处，具有定妆效果，同时也能吸附油脂。

Step 6
最后再用大的蜜粉刷，将多余的粉末扫掉，不会让脸上有厚重的粉质感。

完妆

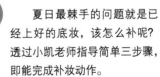

老师~老师~夏日脸油油，该怎么补妆？

夏日最棘手的问题就是已经上好的底妆，该怎么补呢？透过小凯老师指导简单三步骤，即能完成补妆动作。

Step 1
容易出油、浮粉的T字部位，利用柔软的面纸，将残妆、油脂清除。

Step 2
选用干净的海绵以轻弹、压的方式，将多余的油脂与浮粉吸附。

Step 3
最后再用两用粉饼或蜜粉按压脱妆的位置，即完成补妆动作。

对抗不脱妆决胜关键在于妆前修饰

夏日肌肤状况极度不稳定，该怎么应变？小凯老师将详细教导各式妆前修饰品的功能，可依照当天肌肤的状况搭配使用，后续的底妆只要薄薄的一层，即可维持一整天清爽、不易脱妆的效果！

不脱妆修饰秘技 1 修饰出油型毛孔

光线折射的关系，粗大的毛孔会造成脸上阴影存在，加上夏天容易出油，更容易使上好的妆马上出现脱妆问题！选用具毛孔修饰的修饰乳，上妆遮饰之余，还可延缓出油状况。

Step 1
沾取珍珠粒大小的毛孔修饰霜，用中指指腹涂抹在容易有毛孔粗大的两颊。

Step 2
涂抹在脸上的动作一定要轻柔！利用指腹推弹方式，将粗大毛孔隐藏起来，肌肤看起来会更平滑。

Step 3
将剩余的修饰乳涂抹在容易出现泛红或黑头粉刺的**鼻翼**四周，做到局部修饰。

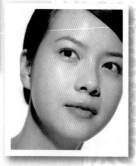

Step 4
最后只需要在上薄薄的粉底，肌肤就如水煮蛋的光滑、无瑕。

ettusais 零毛孔天使柔焦霜 12g
"零毛孔多机能粉末"、"多孔性球状粉末"以及"素肌色之适度遮饰力"，光扩散效果与油脂吸附效果，可使毛孔柔焦变得不明显。

不脱妆修饰秘技 2 润泽易浮粉的干燥两颊

透过具有保湿力效果的妆前饰底乳，增加肌肤含水量，不但可让后续粉底更贴妆，连带肌肤透亮感大提升，即使到了下午肌肤还是维持水嫩、不易出现浮粉状况。

Step 1
取大约樱桃般量保湿润色乳，挤压两下在手背上，以少量多次做修饰动作。

Step 2
以大面积的额头处开始！涂抹方式以放射状的方式，让每寸肌肤都均匀涂抹到。

Step 4
看见了吗？经过润色保湿乳的打底，即使没上粉底，饱满的肌肤感就已经大加分。

Step 3
接着涂抹在容易缺水的两颊处，同样用指腹轻柔的滑过、推抹开润色保湿乳。

KOSE 雪肌精极淬润色妆前乳 30ml
水润般的质地，延展性相当好，加上有如精华液般的保湿，让肌肤不仅水润明亮，还能预防干燥。

不脱妆 修饰 秘技 3 调整油性粉刺肌

易冒粉刺的油性肌，不但让粉底不易附着，到了下午还会让肤色看起来更暗沉！最好上妆前先使用粉雾型的饰底乳加以隐形，增加粉底附着力，并加强去角质保养，从保养做起才能让肌肤更完美。

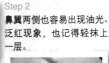

Step 2
鼻翼两侧也容易出现油光、泛红现象，也记得轻抹上一层。

Step 1
最容易出现粉刺、不平的部位就是油光旺盛的T字区！选用具控油效果的修饰乳，薄薄一层涂抹在此区。

Step 3
最后剩下少许的量轻轻带过两颊毛孔的部位，可减少出油、脱妆的问题。

Step 4
经过修饰不平整的肌肤后，肤质整个呈现出来是明亮、细致，瑕疵通通不见了。

不脱妆 修饰 秘技 4 摆脱暗沉、增加底妆光泽

黯淡的肌肤，即使上了粉底还是灰头土脸！选用珠光感饰底乳增加明亮的好气色外，平日最好多为脸部做按摩动作，促进血液循环，才是菜菜脸的解决之道。

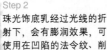

Step 2
珠光饰底乳经过光线的折射下，会有膨润效果，可使用在凹陷的法令纹、削瘦的两颊部位。

Step 1
选用具有珠光感的修饰乳，涂抹在从眉尾到颧骨上方的C字区域。

Step 3
下巴这一区也不能忽略，多加一道打亮效果，具有拉长脸部比例，使五官更显立体、比例更好。

Step 4
简单提亮动作，即能使五官显得更立体，肤色也更为轻透、仿佛从内透出光泽感。

不脱妆 修饰 秘技 5 填补＋遮瑕 隐形老化型毛孔

夏日最难处理的就是漏斗型毛孔，除了每天使用具有紧致毛孔的精华液外，上妆前选用毛孔专用隐形霜是对付这类毛孔的必备妆前工夫！并搭配遮瑕膏，透过雾面的质地，将毛孔隐藏起来。

Step 2
透过刷子的刷拭可填平凹陷的毛孔，并使精华液更深入毛孔底层，减缓毛孔出油量。

Step 1
先选用具有粉雾膏状的毛孔隐形露，在两颊粗大的毛孔上，刷上薄薄一层。

Step 3
多加一道遮瑕膏的修饰，可调整整个肤质的平滑感，让凹陷的毛孔变得不再显眼，同时还会有往上提拉的效果。

Step 4
没有毛孔的瑕疵，整个肤质呈现紧致、平整的效果令人满意。

推荐饰底乳 控油＋保湿

控油＋隐形毛孔 妆前饰底乳

歌剧魅影晶矿护容底霜 15ml
从高岭土上所萃炼出的斜晶细矿体，超强控油效果，加上成分天然，即使最敏感的痘痘肌也可使用。

IPSA 美肤毛孔隐形露＃控油 15g
针对油脂分泌过剩所产生毛孔问题所推出的精华，预防因油脂分泌过多以及彩妆品残留阻塞产生的毛孔问题，同时帮助肌肤平整及改善因积压所产生的粗大毛孔。

MAQULLAGE 心机长效水润妆前乳 30ml
有效遮饰毛孔及肌肤不平整处，使肌肤呈现充满光泽与润泽的完美状态，打造出持续8小时完美妆容。

Smashbox 挥别油光粉凝露 30ml
涂抹在易出油的T字部位或是两颊，不仅肌肤的油光不见了，连害怕的脱妆现象都改善了，厉害的是连毛孔也都缩小了，并维持肌肤的清爽。

ANNA SUI 魔幻蔷薇柔白防晒隔离乳 30g
独家配方的轻透无瑕柔滑粉末，可使粉底乳更紧紧服帖细嫩肌肤。如乳液般清爽好推，擦完肤色均匀、肤质更加平滑。

增加保湿力 妆前饰底乳

COFFRET D'OR 莹白剔透UV饰底乳 25ml
添加沁蓝光感微粒，可调和偏黄的肤色，打造水润、光泽兼具的妆前效果。

laura mercier 唤颜凝露＃保湿型 50ml
植物角鲨烯并糅合高纯度玻尿酸、蜂蜜等成分可为肌肤注入大量水分，提供长效保水机能，修护表层粗糙，让妆感加倍服帖。

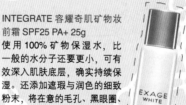

INTEGRATE 容耀奇肌矿物妆前霜 SPF25 PA+ 25g
使用100%矿物保湿水，比一般的水分子还要更小，可有效深入肌肤底层，确实持续保湿。还添加遮瑕与润色的细致粉末，将在意的毛孔、黑眼圈、肤色不均等困扰都能解决。

ALBION 夏日雪肤凝润光妆前霜 SPF22 PA++30g
光滑细致的舒适触感，能使底妆粉体更加紧密服帖于肌肤，加上控油粉体可吸收多余的皮脂，维持清爽、且充满滋润的肌肤感。

SUSIE N.Y 高保湿润泽隔离乳 SPF22 PA++ 30g
搭配大小不同分子的润泽玻尿酸配方，可以长时间预防肌肤干燥，并修饰毛孔、痘痘痕迹及暗沉肤色。

推荐饰底乳 提亮＋润色

提亮效果 妆前饰底乳

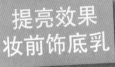

媚点·透颜防晒妆前乳 SPF50、+PA+++30ml
选用具保湿力佳的海洋性胶原蛋白与真珠萃取精华配合，阻挡强烈的紫外线伤害外，清爽的触感，可塑造出透明、明亮妆感。

GUERLAIN 幻彩流星绽白修容露 30ml
添加珠光母贝微粒，每一颗绽白珍珠挤出推开后，可完美折射光线，修饰肌肤瑕疵，给予肌肤细致的珠光效果，并抑制油光。

ettusais 小颜珠光饰底乳 SPF20 PA+ 30ml
采用全新进阶薄纱配方，打造三重遮瑕效果，加上折射粉末增添肌肤光泽，宛如肌肤底层自然散发出来，提升肌肤质感。

MAJOLICA MAJORCA 无瑕娃娃妆前霜 SPF20 PA+ /25g
新添加的修饰粉末，可使肌肤展现光滑、柔嫩，淡雅的香草珠光光泽可调整双颊泛红的肌肤状况，并增加整体明亮立体度。

SOFINA 亮肤妆前修饰乳 21g
智慧型发光粉体，聪明的将肤色明暗变换赋予肌肤明亮度的蓝光，或是修饰暗沉黄色的紫光，使肤色自然均匀、透亮。

均匀 好气色 妆前饰底乳

蜜妮防晒润色隔离乳液 SPF30、PA++ 30ml
细致清爽柔粉，可防止出油及脱妆，并让肤色更透亮。

DIOR 光柔矿物水亮妍饰底乳 30ml
水凝质地富含珍贵能量矿物水成分，加上杏桃色调温柔修饰肤色，打造阳光亲吻般健康光泽，立即唤醒健康肤色！

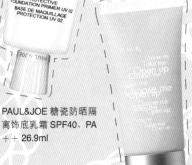

PAUL&JOE 糖瓷防晒隔离饰底乳霜 SPF40、PA++ 26.9ml

RMK 柔焦隔离霜 SPF11/PA++
乳霜触感在推开瞬间均匀薄透的延展，随即化为好吸收的水润质地，润色珠光效果可创造透明感。

植村秀 UV 隔离泡沫霜升级版 SPF30 PA+++65g
比一般隔离乳轻盈20倍的绵密慕丝，润色同时升级保湿与紧致毛孔功效。

修饰了雀斑以及肤色不均，底妆变得更有轻透感！

彻底遮瑕 才能打造透明妆

夏天容易出油长痘痘，太阳一晒，脸上的斑点、泛红也变得好明显，想要拥有今年夏天的轻透底妆，首要工作就是"学会遮瑕"。本篇 Kevin 老师将针对肤色不均、肤触的瑕疵以及眼周的黯沉，以正确的遮瑕产品和工具，加上独门的遮瑕步骤，教你做好轻透底妆的妆前遮瑕。修饰了雀斑以及肤色不均，底妆变得更有轻透感！

文·执行／Clay　摄影／陈敬强　发型／Monkey（Eros）　模特儿／苏立欣、娃娃

肤色的问题

"增加肌肤光感" 来解决肤色不均、雀斑的困扰

Before

透明饰底乳 + 紫色修饰乳 就是遮瑕肤色不均的重点

Step1.
先使用肤色或透明饰底乳，大面积涂抹整脸，增加肌肤的透明感。

RMK 柔焦隔离霜 肌肤保持长时间的滑顺柔嫩粉雾完妆感。

Step2.
再选择紫色修饰乳，涂抹在脸部中央，解决肤色暗沉。

Kevin 老师小叮咛！
绝不能用到两颊侧边，会让妆变死白，还会让脸和脖子有色差。

植村秀 控色修饰乳 消除肤色暗沉部位，带来晶莹水嫩的透明感。

Step3.
将粉底液和紫色修饰乳以二比一调和，涂抹在脸部中央，加强提亮脸部中央。

Step4.
特别加强容易暗沉的鼻翼、法令纹处。

Step5.
还有嘴角处，也很容易产生暗沉，也要特别加强。

Step6
如果上眼皮容易出现暗沉，也可以顺便加强。

PLUS

亮色饰底乳只能用在脸部中央

紫色、绿色或带有珠光的饰底乳，因为会有膨胀的效果，所以建议只用在脸的中央。找出四个点：额头发际中间点、两眼眼尾、下巴最尖端，这四个点围出的范围，基本上就是浅色饰底乳可使用的范围，若脸较大、较宽，就可以将范围扩大一些些。

比肤色深的遮瑕膏 + 珠光橘色腮红 就是雀斑遮瑕的重点

Step1.
选择保湿度高的粉底液，大面积涂抹在雀斑处。

NARS ALL IN ONE 修容粉条 金色亮片能营造出闪闪动人的光泽，让脸部散发光彩。

Step2.
选择带有珠光的霜状修容产品点在雀斑处，借助光反射让雀斑不明显。

黛珂妆·魔法遮瑕膏瞬间遮饰在意的斑点。

Step3.
接着选择比肤色深的遮瑕液（遮瑕霜），使用指腹轻轻点在雀斑处。

SHISEIDO 时尚色绘尚质修容 创造鲜明、亮丽的立体生动轮廓。

Step4.
最后利用带有些微珠光的橘色珊瑚色腮红，轻刷在雀斑处，代替蜜粉定妆。

Kevin 老师小叮咛！ 雀斑遮瑕要避免大量使用粉状产品，以腮红代替蜜粉定妆，可以中和肌肤及雀斑界线。

肌肤像是打了柔焦般的光滑细致。

少了痘痘、痘疤，

肤触的问题

"增加肌肤的柔光感" 来解决痘、痘疤凹洞的困扰

Before

遮瑕刷＋比肤色深一号的遮瑕膏就是痘痘遮瑕的重点

 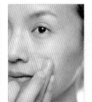 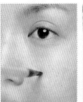

MAC 专业遮瑕刷
扁平、柔软刷毛，
头部微尖，适合用
来涂匀遮瑕膏。

 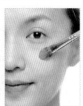

Step 1
使用棉花棒沾取具
有镇定效果痘痘用
凝胶，将沾有凝胶
的棉花棒贴在痘痘
上，形成保护膜，
不要将凝胶笔直接
接触到痘痘肌。

Step 2.
再以轻拍的方式，
在痘痘肌上，涂抹
一层薄薄的粉底。
Kevin 老师小叮咛！
拍打的方式才不会把
凝胶弄掉。

Step 3
痘痘通常会泛红，
要选择比肤色深一
号的遮瑕膏，使用
遮瑕刷沾取，将笔
刷垂直点在痘痘顶
端，再轻轻按压，
使遮瑕膏均匀附着
在痘痘上。

Step 4.
再把痘痘边缘的遮
瑕膏推均匀。

Step5.
最后选择大支的眼
影刷沾取粉饼，轻
轻刷在痘痘处，有
定妆的效果。

GIVNECHY 美白超亮采 2 合 1 对抗色斑精华 SPF45/ PA+++
一次达成淡斑保养与亮白修饰的二合一目标，使斑点问题轻
松隐形且不易加深色泽或扩大面积，打造无可挑剔的瞬间亮
白无瑕美肌。

米黄色遮瑕膏＋珠光饰底乳 让痘疤的凹痕阴影减少就是遮瑕重点

Kevin 老师小叮咛！
肤色越白，珠光饰底乳就
可选择越浅，另外珠光建
议不要太明显。

ettusais
小颜珠光饰底乳
增添肌肤光泽，宛若由
肌底层自然散发出来。

Kevin 老师小叮咛！
笔刷要选择前端很细
小，但触感要松软。

laura mercier
双色遮瑕盘
无油保湿性的
配方，可有效
地遮瑕痘痘和
瑕疵。

Step 2.
用小笔刷沾取，然后
以单点的方式，扫进
凹洞里。

laura mercier 遮
瑕刷
尖端较窄设计能
刷至较难触碰部
位，例如眼睛内
缘及鼻翼周围。

Step 1
将米黄色遮瑕膏与珠
光饰底乳，以一比一
混合。

LANCOME
双色柔遮瑕
盘 接触肌肤
瞬间即与肌
肤完美贴合。

Step 3
再选择比肤色浅一号
的遮瑕，加强点在凹
洞里。

Step 4.
再使用海绵沾取干一
点的遮瑕，以轻点的
方式，大面积按压在
凹洞处。

Step5.
最后再使用大刷子沾
取粉饼，轻轻扫过，
帮助定妆。

PLUS
**如果有结痂的
痘痘,可以这样做!**
结痂的痘痘表面凹凸不平，
遮瑕膏很难均匀涂抹在上
面，因此遮瑕前可以将化
妆棉沾满化妆水，然后剪
下一小块，湿敷在结痂的
部位。

解决了眼周问题，整体妆容变得干净、更有元气。

Before

眼周的问题

"消除眼周阴影" 来解决循环不良黑眼圈、泪沟型黑眼圈、眼袋型黑眼圈的困扰

冷热交替按摩 + 偏橘色的遮瑕膏就是遮瑕循环不良黑眼圈的重点

Step1.
将汤匙放到温水中，让汤匙变热，以凸面覆盖在眼睛上，达到热敷的效果。接着再将汤匙放到冷水中，让汤匙变冰，以凹面紧贴在黑眼圈处，帮眼睛冰敷，冷热交替促进眼周循环变好。

Step2.
接着沾取保湿品，在眼周由内而外轻轻按摩，再轻轻拍打帮助吸收。

Step3.
选择偏橘色的遮瑕液或遮瑕膏，涂抹在眼睛下方，然后使用指腹轻轻拍开。

laura mercier 亮眼遮瑕霜 瞬间为整体脸部带来年轻明亮。

Step 4
然后再选择接近肤色的遮瑕膏点在眼下，然后轻轻拍开。

Kevin 老师小叮咛！如果黑眼圈真的很严重，可以再按压上粉饼，要轻轻拍开，千万不能用推的，会将遮瑕推掉。

KATE 重点遮瑕膏（黑眼圈）能有效修饰黯沉的黑眼圈。

保湿化妆水湿敷 + 珠光保湿的遮瑕膏就是泪沟型黑眼圈的重点

Step1.
使用眼霜按摩眼周后，再将化妆水以及少许眼霜倒在化妆棉上，湿敷在眼下。

Step2.
选择带有珠光，且保湿力优的遮瑕液，在眼头推开，为眼头打光。

Step3.
再选择水润型遮瑕液，越湿润越好，轻轻涂抹在眼头。

Step 4
因为眼头容易产生皱纹，所以不建议上太多粉状产品，若想定妆，建议可选择珠光眼影，轻轻刷上，不但有定妆效果，还能创造出肌肤的紧绷

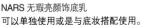

RMK 液状遮瑕笔带有些许珠光效果。

NARS 无瑕亮颜饰底乳可以单独使用或是与底妆搭配使用。

比肤色浅的遮瑕膏 + 珠光修容饼就是眼袋型黑眼圈的重点

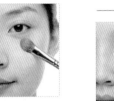

Step1.
使用遮瑕刷沾取遮瑕力强，比肤色浅的遮瑕膏，刷在眼袋下方，然后往下延伸，目的是为了要提亮眼袋下方的阴影。

Step2.
接着使用刷子沾取带有珠光的修容饼，刷在眼袋下方，就有修饰阴影且提亮的效果。

迪奥 光柔矿物水遮瑕膏专为眼周设计的遮瑕膏。

圆形框 VS. 圆润眉

造型复古的大圆镜框，不仅能修饰有棱有角脸庞线条，再搭着弧度圆润的眉型，自然能让整个人显得可爱又时髦。

眉型 vs. 眼镜
玩美配搭法

眼镜当然不是书呆子的专利品，早就跃升为时尚配件之一的眼镜，在整体造型上可是有着画龙点睛的效果。不过，当妳戴上时髦款眼镜时，别忘了眉型也要好好描画搭配一下，才不会显得突兀。这次就由许有湘老师，以最热的三款镜框形式，来为美人们详细解说超完美的眉型搭配法则。

文·执行／KEIKO 摄影／陈敬强 模特儿／谢欣颖 化妆／许有湘 发型／MONKEY（ZOOM） 眼镜提供／EYE FASHION CLUB 远企店、澳立国际

美眉小帮手

镜框和眉型，都要依照脸型来搭配，像是这几季非常流行的复古圆眼镜，就很适合方形脸佩戴，自然的，眉妆也要以圆弧形来搭配。因为，眉型和镜框上缘弧度，必须是协调搭配的，才能取得整体平衡感。慎重提醒，千万别画上角度分明的眉型，这样会让你看起来更加盛气凌人，而且视觉上也会感到怪异不协调。若脸型偏圆的你，绝对要避开圆形镜框和圆弧眉型，免得加倍相乘效果，使脸庞看起来更圆更大喔！

1. PAUL & JOE
玩色眉粉 # 01
2. BOURJOIS
眉飞色舞眉毛刷 # 21
3. MAKE UO FOE EVER
完美防水眉型组
4. DHC
完美自然眉粉＋眉笔
5. SHU UEMURA 眉笔
6. LAURA MERCIER
时尚霓采聂子夹

打造圆弧眉型 STEP BY STEP

1
拔眉前，先用温热毛巾敷过后，顺着眉毛生长方向，用眉夹在靠近眉根位置用力一拉，就能轻松把眉毛四周杂毛拔除。

2
为呈现圆弧状眉型，在每拔掉一根眉峰杂毛后，最好立即把眉毛刷顺检查，再继续以免出错。结束后，用具有收敛效果的化妆水轻拍。

3
眉尾线条太长，就会无法突显眉型的圆弧状。所以，拥螺旋眉刷把眉尾往下梳顺，并轻轻挑起后，用小剪刀逆着方向修剪。

4
从瞳孔外侧往上延伸的眉峰开始，用眉笔顺着往眉尾，描绘出弧度圆润的眉型线条。注意，眉尾和眉头要维持在同个平行点上。

5
用眉粉从眉峰往后均匀刷过，避免线条过于死板外，也能使眉色更加柔和，再用余粉刷过眉头，营造由浅至深的自然眉色。

6
用螺旋刷由前往后轻刷，让眉型更整齐后，再用棉花棒把眉毛周围晕开线条或沾染的眉粉擦净，让眉型妆感更清晰自然。

7
依个人眉色和镜框颜色，以透明眉胶或有色彩的染眉膏，顺着毛流轻挑刷上，不仅能调整眉色与定型，还可使镜框相互配合。

8
在眉峰下方的眉骨处，以淡淡珠光或雾面的米色眼影，均匀地薄薄刷上彩度，制造自然的 HIGH LIGHT 效果，让眉型的圆形弧度更加明显。

椭圆框 VS. 自然眉

平缓流畅的自然眉妆，呼应
着浅浅粉红色的椭圆镜框，在视
觉上也能恰到好处地达到中和过
长脸型效果，给人柔和优雅印象。

美眉小帮手

椭圆形镜框，有平衡长脸型的效果，眉型也要以自然弧度来搭配，避免画出过于上扬的眉峰角度，眉尾也不适合拉太长。除了眉型要配合镜框外型，眉色也要考虑到与镜框颜色的搭配性，才不会显得突兀。简单来说，镜框颜色浅，眉色自然也要淡浅，深色或鲜艳的镜框，眉色就可以浓一些。倘若你的镜框颜色，已经吸引了不少注意力，脸上的妆感也要降低彩度，尤其是腮红只需要在笑肌上淡淡刷上粉嫩色，增加脸部立体感就足够了。

1.RMK 时尚染眉膏 # 06
2.FASIO 防水造型眉彩膏 # 322
3.CHANEL 眉部彩妆盒
4.COSME DECORTE 妆魔法眉粉
5.JILL STUART 眉笔 # 03
6.MAC 时尚眉梳 # 206

打造自然眉型 STEP BY STEP

1
先把毛流梳顺后，依自己原有眉型为基础，不刻意强调眉峰角度，直接以修眉刀刮净整个眉型周围的杂毛，营造出自然眉型。

2
即使是自然眉型，眉骨处杂毛也得仔细修干净。注意，修眉刀要与肌肤呈45度角，并用指腹轻轻提拉眼皮，以免肌肤被割伤。

3
用螺旋刷由下往上，把眉头毛流梳起后，修剪掉过长眉毛，而眉尾是从上往下梳，再把过长毛流剪掉，以免眉尾呈现下垂样。

4
为了修饰眉型，描绘时眼睛视线与镜子保持平行，接着用眉笔顺着描绘出水平线条的自然眉型。切忌，眉尾线条过于拉长。

5
倘若，眉峰角度还是比较明显，不妨用眉笔把眉峰角度拉平一些些，同时也可以将宽度加粗一些些，也有缩短脸型的效果。

6
画眉头时，只要以眉刷上剩余粉末，轻轻刷过就行了。提醒，眉头也要维持并行线条，整个眉型才会呈现自然的水平线。

7
为使眉色更均匀一致，用眉刷轻轻由前往后刷过后，再以染眉膏顺着毛流轻挑刷上，让眉流线条更整齐，眉型更有立体感。

8
在上眼尾后三分之一、下眼尾倒三角处的范围，以眼影晕染出圆弧状色彩，与镜框、眉型相呼应，同时也使脸庞更显柔和。

长形框 VS. 利落眉

利落长形框架，眉峰弧度明
显却柔和的弓形眉，相互衬托所
呈现的个性风格，也兼具缩窄圆
脸型的视觉感，同时也增加了轮
廓的立体度。

搭配关键

无论是长形的眼镜造型，或者强调眉峰角度和挑高的眉型，甚至彩妆画法上，也可以强调眼线拉长的妆感，在视觉上都有拉提脸型的效果，非常适合圆脸型的人。不过，由于镜框、眉型和眼妆已经很强烈了，唇彩只需要淡淡增添些光泽，才不会流于繁复。此外，也得再次叮咛，无论何种款式的镜框、任何眉型，眉毛最好要略高于镜框上缘，才会让人有朝气感。当然，若是造型夸张的镜框，可以完全遮住眉毛，就可不理会眉型或位置。

1. SHISEIDO 心机立体眉影饼
2. BOBBI BROWN 专业滋润染眉膏
3. LAURA MERCIER 立体眉采胶
4. KANEBO COFFRET DOR W双采美型眉笔
5. BENEFIT 新扬眉吐气笔
6. BEAUTY MAKER 立体造型眉彩盒

打造利落眉型 STEP BY STEP

1
为了修出眉峰角度，以修眉刀由上往下，刮净眉头上方杂毛，让眉型前二分之一呈现斜线线条，之后再修掉眉骨位置上的杂毛。

2
抓出眉峰角度后，轻柔修掉周围的细柔杂毛，同时再用剪刀修剪掉，眉峰和眉尾过长的毛流。如此一来，眉峰角度自然呈现出。

3
以眉骨上方的眉峰处为基准点，轻轻往后勾勒，先把眉峰角度先描绘出来。提醒，要注意左右眉峰高度和角度，有没有对称。

4
用轻柔力道拿眉笔，从眉峰往后轻勾勒出，线条逐渐变细的眉尾线条。注意，眉尾线条要自然，切忌拉得太长、角度太僵硬。

5
眉粉从眉峰轻刷过后，用眉刷上剩余粉末，逆着往前淡淡画出柔和眉头，接着再加重尾眉峰和眉尾线条，让眉色有渐层感。

6
将沾有浅色眉粉的眼影刷，在面纸上清拍掉多余粉末后，于眉头下方淡淡刷上，制造出阴影般效果，令眉型自然有立体感。

7
以浅肤色珠光眼影，或提亮明亮的修饰笔，均匀涂抹在眉骨处，打亮眉峰与眉骨间的距离，眉峰角度自然也更立体明显。

8
为呼应长形镜框造型，勾勒眼线时可以拉长眼尾线条，让整体感更一致。如果是戴方形镜框，就不需刻意拉长眼尾。

Date
专用

亲切感满分的大眼，
人见人爱！

眼影 × 眼線 × 假睫毛
縱橫 4 主題眼妝

放大双眼，绝对不是只用粗粗的黑色眼线框住眼眸而已！聪明的美丽女人，
一定要学会不同场合的大眼心机。何时该"纵向"扩张黑瞳？何时又该"横向"
拉长双眼？就让 KEVIN 老师一次为你说分明！

文·执行／Ariel 摄影／陈敬强 模特儿／妞妞 亚兰 化妆／KEVIN 发型／EROS TERRENCE
服装、饰品提供／I LOVE EVERYTHING

零距离眼眸微甜不腻，好感度满分！

"纵向"放大黑瞳与"横向"拉长双眼，究竟有何不同？ KEVIN 老师解答："无论纵横，无非都是想要创造电力更强大的大眼效果！一般来说，纵向放大，能让双眼看起来看加圆润，呈现出柔美、感性、甜美的气质！"针对白天的约会妆容，KEVIN 老师，建议以透明、柔和的浅色系眼彩，纵向放大双眼，深色系眼彩往上扩张，浅色系眼影向下延伸，就能自然呈现浑圆且没有距离感的亲切妆效。微甜不腻的妆感，让你不论是跟女生朋友喝下午茶，或是与男性友人午间用餐，都对你留下极佳的印象。

STEP 1
粉紫色眼蜜打底。
以粉紫色眼蜜在上眼窝打底，可使眉眼之间的距离变宽，进而造成放大的效果。由于东方人肤色偏黄，挑选眼蜜比较容易显色。

STEP 2
黑色眼线创造黑瞳效果
以黑色眼线笔在睫毛根部画上细细的上内眼线，并在黑眼球部分略微加粗，让双眼看起来更圆，并有放大黑瞳的效果。记住！白天千万别下手太重喔...不然会太夸张！

STEP 3
紫色眼线笔再次描绘上眼线
以紫色眼线笔再次画上新月形眼线，黑眼球上方可略为加粗，除了让眼神更深邃，妆效也更加甜美。

STEP 4
紫色眼影粉再次加强
将紫色眼影由睫毛根部向上晕染，在双眼皮眼褶范围内（或略微超过一点点）。在黑眼球上方做新月形的重点加强，让黑瞳更加明显。

STEP 5
浅粉色眼线让眼白更加清澈
用浅粉色眼影笔在下眼睑画上倒新月形的下眼线，可让眼白看起来更清澈，制造泪水在眼中打转的柔美妆效。

DATE KEY ITEM

SOFINA 欧璞璀璨光眼彩蜜 #03 熏衣紫透明感十足的果冻状眼蜜能立即贴合肌肤、均匀延展，炫丽发色！

JILL STUART 晶钻眼彩宝盒 #04 彷佛层迭上钻石般的闪耀光芒，以璀璨光辉妆点眼部轮廓。

GUERLAIN 光感律动眼线笔 #01 天然油腊成分，拥有亲水及亲油特性，能在油水分泌较少的眼周，轻易地与皮肤密合，达到 100% 显色度及饱和度，并持久不易脱妆。

SHISEIDO 心机眼线笔 #紫含星亮黑珍珠配方，一次就能画出亮丽眼线，展现极致的深邃黑瞳，同时抗汗、抗皮脂长时间保持完妆的美丽。

BEAUTY de KOSE 丰靡美姬双色眼线笔 #RO60 勾勒分明线条的深邃色彩与具晕染效果的明亮色彩双重搭配，创造令人印象深刻的立体感眼妆。

Dinner 专用

温柔晶亮小烟熏；任何角度都迷人！

STEP 1 黑色眼线胶晕出小新月
以黑色眼线胶由睫毛根部向上晕染在双眼皮眼褶范围内（或略微超过一点）。黑眼珠上方做新月形的重点加强。高段的眼线不要是一条明显的线条，以便之后用深色眼影打造小烟熏妆感。

STEP 2 蓝灰色眼影纵向渐层晕染
蓝灰色眼影由睫毛根部向上渐层晕染整个眼窝。当眼影晕开，即可巧妙隐藏眼线线条，才能呈现纵向放大双眼的亲切柔和之精髓。

STEP 3 银白珠光晶点眼眸
挑选含珠光的银白色眼影点缀在上眼睑新月形的顶端，将双眼纵向延伸、放大。在眼睛开阖间即有闪亮的光点效果。

晶亮渐层大眼，深邃动人更立体

晚上餐厅的灯光总是昏暗，同时光源也比较混乱，这时该以哪种眼妆现身，才能迅速捕捉众人的眼光？KEVIN 老师提醒："晚上眼妆的重点应该以渐层的眼彩来表现眼妆的浓淡度，再以眼妆亮点的位置来呈现轮廓的立体度。"运用小烟熏的立体眼妆，来纵向放大双眼，加深眼部的轮廓，再缀以含珠光粉末的眼彩，让双眸无论从任何角度看去，都折射出变幻无穷的光泽！

STEP 4 蓝灰色眼影创造倒新月
以蓝灰色眼影由下眼睑睫毛根部自然晕染出倒心月，让眼型更加浑圆。

STEP 5 亮片眼线液增加亮度
在黑眼珠正下方从睫毛根部处，细细描出亮片眼线，双眼亮度瞬间提升。眼睛的闪亮度提升，灵活度也跟着增加！

DINNER KEY ITEM

BOBBI BROWN 流云眼线胶 画起来的感觉非常滑顺，不会一下就干掉，即使初学眼线者也很容易上手。

LANCOME 晴彩四色眼 #321 由午夜蓝、浓情紫、魅惑粉红与雪花白四色在眼睑跳跃出名伶舞台剧般色彩，点缀上宛如灿烂星空的星星压纹与闪耀光影。

URBAN DECAY 亮片眼线液 到日本才买得到的超闪亮眼线液，内含大量闪亮亮片，轻轻描绘即有超闪效果，还有多种颜色可以选择。

BEAUTY MAKER 根根分明大眼睫毛膏 添加独特超轻柔凝胶配方，从根部将整株睫毛完整包覆，使睫毛由根部卷翘、根根分明且浓密，使眼妆层次分明、加深眼睛轮廓。

Office
专用

知性大地眼彩，专业度大幅提升！

横向扩张 基础班

眼尾横向延伸,气质更加冷静、理性

前面说到纵向放大,能让双眼更加圆润,呈现柔美、感性、甜美气质;同时 KEVIN 老师强调:"横向拉长眼型的妆感,能让人看起来比较理性且冷静。"白天工作的时刻,运用优雅知性的大地色系眼彩,搭配横向扩张的眼妆技巧,则能让人感受到你专业的气质,让人更加信赖。

STEP 1
棕色眼影强调眼尾
以棕色系眼影在上眼睑做打底的动作,并特别强调眼尾的部分,在第一个步骤就将横向拉长做好基础工作,棕色×香槟的眼影,绝对是 OL 最安全的眼影选择。

STEP 2
香槟色眼影做出对比
香槟色眼影在眼球凸显出做圆形的打亮。这样可以使眼尾较深的眼彩更被凸显!

STEP 3
黑色眼线胶加强后眼尾 1 / 3
眼头处细细描绘,在眼尾后 1 / 3 处略为加粗,并平拉延伸略长于原本眼睛长度。千万不要将眼线在眼尾处上拉,不但无法强调专业感,反而会给人妩媚的印象。

STEP 4
棕色眼影再次加强眼尾
由眼尾往眼头延伸至眼睛后 1 / 3 处,再次以棕色眼影加强。内双的女性要特别注意,眼头的眼线与眼影都不要画太粗,会让眼睛看起来更单。

STEP 5
上下眼线完美连接
棕色眼影在下眼尾后 1 / 3 处与上眼线连接,将眼尾的三角部位填满,才能有效将眼型拉长。

OFFICE KEY ITEM

NARS
双色眼彩 #CORDURA
深浅层次不同的雾面淡咖啡色与黑巧克力融合金色调,呈现出生动的眼妆。

RMK
霜采＆粉采 #04
运用现代感性再次重现两色组合眼影,创造自然中感受到坚强刚毅的八○年代眼妆。

M.A.C
流畅眼线凝霜 #BLACKTRACK
特殊的凝霜状材质,能轻易创造出柔顺的线条,独特的长效配方,不仅妆效持久,同时防水更不晕染,一整天都不须补妆。

OL 实用眼彩盘推荐

ESTEE LAUDER 绝美金灿四色眼影 灵感来自浓郁美味的松露巧克力,全新绝美金灿四色眼影将优雅的金色眼影,交织映洒在如巧克力盒设计的外壳里。

SOFINA 欧璞抢眼晶亮眼彩 #51 只须依序刷上色彩,美丽色调瞬间延展,双眸立即深邃更大更迷人,四色眼影完美交叠,呈现色泽变幻层次。

Playing
专用

迷蒙深邃眼神，晋升 PARTY 名媛！

多层次迷蒙熏染，绽放凛然魅力

夜晚的 PARTY 场合，并不适合以纵向放大的眼妆现身！因为，晚妆以圆形的眼眸会让人留下"容易亲近"、"桃花女"的印象。KEVIN 老师分析。以横向扩张的眼妆技法，多层次的熏染双眸，在眼尾处做精致的延伸与拉提，加强下眼睑的眼影与眼线描绘，就能呈现出立体深邃的眼神，KEVIN 老师表示："这种质感的眼妆绝对能让你在夜晚的 PARTY 中，散发让人惊艳的高尚凛然气质。"

横向扩张 进阶班

STEP 3
沿着睫毛上眼尾轻轻倒钩

从眼尾往眼头以倒钩方式为眼妆做横向延伸，上眼尾的小范围倒钩，可创造类似"假双"的妆效，让眼睛线条拉长，眼神也更迷人深邃。

STEP 1
上眼皮以珠光棕色打上底色

挑选比原本肤色略深且带有珠光的棕色眼影，在整个上眼窝均匀上色，可特别强调眉头至眉尾处，但不要延伸至眉骨，如此可让眼神更深邃，眼睛长度向前延伸。

STEP 5
假睫毛在眼尾重点加强

撷取半副或 1／3 副假睫毛，佩戴在上眼尾处，可让整体眼神更加迷人，为横向扩张的双眼做最完整呈现。

STEP 4
深灰色眼影点缀下眼尾

在下眼尾后 1／3 处沿着睫毛根部细细晕染，填满眼尾三角形区块，将上下眼线做完美连接，让长形眼型再次被强调。

STEP 2
黑色眼线加强下内眼线

以防水黑色眼线笔加强下眼睑的内眼线，在眼头与眼尾处可以略微加宽、拉长。如此也有横向扩张双眼的效果。

PLAYING KEY ITEM

BOBBI BROWN 金属光灿眼影 特殊绵密细致的粉质、饱和的色彩，让眼妆更持久也不会产生恼人的褶痕。

JILL STUART 眼线笔 #01 质地柔滑，呈色效果优异，创造无限迷人眼神。

BEAUTY MAKER 立体大眼五色眼影组 专为台湾女生扁平眼睛所设计，解决各种小眼睛、单眼皮、扁平眼型的困扰。只要这一盒就可以教你随心变幻出时尚大眼妆。

BEFORE

KEVIN 老师传授

假睫毛轻松贴
双眸电力大放送

最近几次好姐妹的聚会，大家最热中的话题不再以"我男朋友"当开头，取而代之的是"你用的是哪一款假睫毛？"、"哪个假睫毛胶最好用？"、"孙芸芸最爱的假睫毛是哪一款？"只夹夹睫毛、刷刷睫毛膏已经完全无法满足女人对于电眼美睫的期待。

你还没赶上这波假睫毛轻松贴的电眼风潮吗？就让 KEVIN 老师来教你怎样贴出电力十足的媚眼吧！

文·执行／ARIEL　摄影／陈敬强　模特儿／张亚兰　化妆／KEVIN　发型／TERRENCE（EROS）
服装. 饰品提供／I LOVE EVERYTHING

AFTER　弯弯动人睫毛达成，目力瞬间 UP UP！

以前总觉得眼妆只要搽了眼影、画了眼线、再夹翘睫毛并刷上睫毛膏，就已经相当完整，但最近走在路上，发现每个正妹不知从何时开始，眼睛的电力都惊人的强大，仔细一看才知道，这电力的来源不是别的，而是假睫毛。

在过去，一定要遇到特殊场合才觉得是假睫毛该出场的时刻，但随着女人们对于美的渴望与定义愈来愈高，现在即使是一般的日子里，贴上一副假睫毛，让自己双眸的电力大增，已经不是一件令人为奇的事情。

但该怎样选择适合的假睫毛？ KEVIN 老师认为根据不同的眼形与需求，就应该选择不同的假睫毛佩戴。他说："如果挑选透明梗搭配单株的假睫毛，就可以创造出最自然的类似种假睫毛的效果。如果以交叉型搭配加强眼尾 1/3 的假睫毛，则能自然的将眼形拉长，散发柔媚的女人味。若想有戏剧性效果的眼妆，就可以用两种不同特质的假睫毛，例如先用宽度较宽的假睫毛来拉长眼形，再用中间睫毛比较长的假睫毛来放大双眸，双眼就能看起来又圆又长。"

绝不失败的假睫毛基本功

STEP1
梳理睫毛
先用小刷子梳理睫毛，将睫毛梳理整齐外也能将底妆的余粉扫落，让后续夹睫毛的步骤更方便。

STEP2
将睫毛夹翘
轻轻地将睫毛从根部夹翘，这样能使之后佩戴的假睫毛与原本的真睫毛更加密合。

STEP3
眼线填补空隙
因假睫毛无法完全与眼睛的弧度完全贴合，必须靠眼线来做细部修正。初级班者可用眼线膏或眼线笔，高级班则可用眼线液直接勾勒出细致线条。

STEP4
柔软假睫毛根部
顺着假睫毛的弧度自然柔软假睫毛的梗。梗的弧度愈圆滑、愈柔软愈好，这样在黏贴时，假睫毛前后端才会服帖不易翘起来。

STEP5
修剪假睫毛
从眼尾睫毛较长那端做修剪，因为睫毛较短的那端可保留在眼头处，这样贴出来的假睫毛才会自然。

STEP6
涂上假睫毛胶
挑选有附刷毛的睫毛胶，然后在假睫毛根部刷上薄薄一层。

STEP7
等待假睫毛胶转变成透明状态
当假睫毛胶变成半透明状时，是最黏的时候，这时是佩戴假睫毛最佳时机。

STEP8
从假睫毛中心着手
从假睫毛中心处放上去，再黏假睫毛的前后端。

STEP9
前后端做按压
用局部睫毛夹再次在假睫毛前后端做按压，让假睫毛更紧密贴合在眼睑处。

STEP10
眼线液补在眼头处
最后用黑色眼线液补眼头，让眼线更加整体，假睫毛也就会显得更浑然天成。

贴出类种睫毛的自然妆效

STEP1
先将透明梗假睫毛贴上
将整副的透明梗假睫毛先贴在眼睑处。

STEP2
用单株假睫毛以点沾方式沾取睫毛胶
先取适量假睫毛胶放在手背上,再用单株的假睫毛在手背上沾取假睫毛胶。用假睫毛去点沾睫毛胶,睫毛胶会比较不容易干,可争取较充裕的时间黏贴假睫毛。

STEP3
再将单株的假睫毛补于空隙处
待睫毛胶转成透明状后,再一株株补在透明梗假睫毛的空隙处,创造出更浓密的睫毛效果。

STEP4
将两种假睫毛夹密合
用睫毛夹仔细将两种假睫毛夹密合,才不会有两层睫毛的窘境。

STEP5
仔细描绘内眼线
在内眼睑与睫毛根部处细细描出内眼线。维持愈细愈自然的眼线,效果就愈好。可挑选防水且质地柔软、不易掉削的眼线笔,使用起来才更顺手、舒适。

KEY ITEM

舞娘眼线液 # 极黑 超防水、抗汗、抗皮脂,一整天都不脱妆。

透明梗型假睫毛

单株型假睫毛

唤出柔媚女人味

全副 × 半副

STEP1

先仔细描绘出上眼线
从眼头到眼尾细细描绘出上眼线，可避免之后假睫毛的梗与眼睑之间的落差。

STEP2

佩戴整副的假睫毛
在挑选整副型的假睫毛时可挑选在根部就交叉的交叉型假睫毛。当根部愈浓密时，贴起来的效果就愈浓密。但选择根部较不浓密的假睫毛，却能相对呈现出较自然的效果。

STEP3

在眼尾 1/3 处加强
挑选眼尾加强型的假睫毛并做修剪，佩戴在上眼睑后 1/3 处。可用假睫毛来达到拉长眼形的效果。

STEP4

用小镊子将两款睫毛合并
用小镊子局部将两款假睫毛再做重点的夹压，再次确认让两副假睫毛完美合并。

STEP5

眼头的眼线再次加强
再次描绘眼头处的眼线，将空隙处填补完整。

KEY ITEM

眼尾加强型假睫毛

交叉型假睫毛

CLÉ DE PEAU BEAUTÉ
极致勾勒眼线胶

LUCKY 局部睫毛夹

101

艳级电眼启动

STEP1
梳子刷头式的睫毛膏仔细刷过
挑选有梳子刷头的睫毛膏轻轻刷饰，让细小刷头的睫毛刷将两副假睫毛仔细的刷在一起。

STEP2
小镊子将两款假睫毛夹密合
用小镊子局部将两款假睫毛再做重点的夹压，再次确认让两副假睫毛完美合并。

STEP3
小钢梳整理睫毛
趁睫毛膏尚未干透时，接着用极纤细的小钢梳仔细梳理睫毛，将真假睫毛根根梳开，才不会有纠结的感觉。

STEP4
单株假睫毛贴在下眼睑处
挑选较短且较自然的单株假睫毛，单株单株地贴在下睫毛空隙处，创造出洋娃娃般的大眼妆感。

KEY ITEM

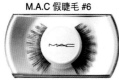

M.A.C 假睫毛 #6

M.A.C 假睫毛 #35

NG! 佩戴较浓密假睫毛时，千万别再搭配烟熏妆

　　KEVIN 老师建议当你佩戴浓密型的假睫毛时，就放弃烟熏眼妆吧！因为这样只会让你不论眼睛张开会闭起来，都找不到你的黑眼珠，从远处看来就像两个恐怖的黑洞。此时反而挑选亮一点的眼影点缀在双眼皮内，不但可让整体眼妆更具色彩，而且眼睛无论在张闭之间也显得较有神。黑色只需加强在睫毛根部，让睫毛有相连接的感觉就可以咯！

也是孙芸芸最爱
EYELASHES 假睫毛胶#552 超强的黏性、快干的速度，让小编也跟着成为爱用者。

佩戴假睫毛初学者救星
假睫毛辅助器 初学者有了这个辅助器，也能三分钟内就贴好假睫毛，再也不用手忙脚乱了。

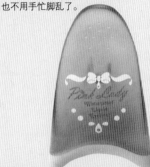

最顺手局部睫毛夹
金属制局部睫毛夹 超好用的局部睫毛夹，使用起来超顺手，再细小的睫毛也能夹得很完美。

温和不刺激假睫毛胶
MAC 假睫毛黏剂 不但超黏，而且卸妆时也完全不麻烦。不伤假睫毛梗部，可以延长假睫毛的使用寿命。温和的成分不会造成眼睛负担。

Kevin 推荐
超好用美睫道具

工欲善其事，必先利其器。想要成为美睫塾的高材生，绝对不能少了这些美睫小道具。

把每根睫毛都梳得妥妥当当
金属睫毛梳 贴了假睫毛又刷了睫毛膏，这时就一定要用小钢刷把每根睫毛都刷得根根分明。

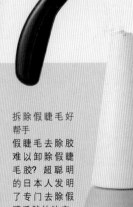

最适合东方人眼形睫毛夹
SHISEIDO 东京柜睫毛夹 网络上所有水水一致强力推荐的超好用睫毛夹，符合东方人眼形弧度设计，轻松夹出自然卷翘的睫毛。

隐形眼线瞬间形成
KOJI FIX 假睫毛专用接着剂＃黑 黑色的睫毛胶适合假睫毛高手使用，一次到位贴好之后，隐形的眼线也随之形成。

拆除假睫毛好帮手
假睫毛去除胶 难以卸除假睫毛胶？超聪明的日本人发明了专门去除假睫毛胶的法宝，以后卸除假睫毛胶也可以轻松多了。

所有假睫毛困扰一次 OK！

有在戴假睫毛的女生都一定知道，当好不容易佩戴好假睫毛之后，其实还是会有些难缠的小困扰！别担心，KEVIN 老师的"美睫塾"可不是喊假的，这次就要一次帮你解决所有的困扰。

Q1 眼头的假睫毛总是翘起来，怎么办？

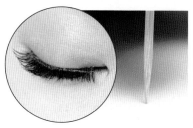

A

STEP1
先将牙签的尖端在桌面上轻轻搓、磨，让牙签尖端变得较钝一点，这样才不会不慎搓伤眼睛。

STEP2
用较钝的牙签头沾取适量的假睫毛胶。

STEP3
再将沾了睫毛胶的牙签头轻轻沾点在掉落的假睫毛根部。因为假睫毛胶的刷头较粗，所以直接刷在假睫毛根部会不小心就让量太多不易干，或不慎沾染眼皮。

STEP4
用局部小夹子在刚刚补胶处做加强，向内推 5 ~ 10 秒后再放开，确定有将掉落的假睫毛固定住。

Q2 为什么要将假睫毛剪成一段一段后再佩戴？其中的技巧又是什么？

A 其实将整副假睫毛剪成小段再做佩戴，会更符合自己的眼形，佩戴起来也就更服帖，比较不容易前后端翘起来。

STEP1
先左右来回用圆弧的手势柔软假睫毛的梗部。

STEP2
接着将假睫毛分剪成 3 ~ 5 小段。

STEP3
将剪好后的每个段落排列成原本一整副的顺序，以方便后续佩戴的过程。

STEP4

从眼头开始将每个小段落贴在上眼睑睫毛根部。因为从中间开始贴的话，比较难准确掌握距离，最后在贴眼头眼尾时容易造成不足或过长的窘境。如果担心贴起来效果不自然，有一段一段的感觉，可以在每个段落中有些微的重叠，而且这样假睫毛的弧度也可以显得更加自然。

STEP5

最后以黑色眼线细细描绘上眼睑，让每段睫毛连接得更完美。

Q3 如何将超黏的睫毛胶卸除干净呢？

A 在挑选假睫毛胶时，大家都想要愈黏的愈好，但在卸妆的时候就尴尬啦！ KEVIN 老师建议挑选依油水分离的眼唇卸妆液，在使用前一定要充分摇晃，挑选时有个小诀窍，其实愈容易油水分离的卸妆液代表添加的乳化剂愈少，愈不刺激，使用起来更安心舒适。

STEP1

用棉花棒沾取卸妆液后，在睫毛根部轻轻滑动以溶解睫毛胶。

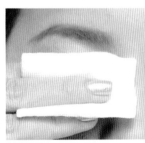

STEP2

再用化妆棉沾取卸妆液后，湿敷在睫毛根部，让真假睫毛分离。注意，在卸除假睫毛时，一定要以轻巧的手势，千万别用力拉扯而造成眼皮的负担。

不脱妆，KEVIN 老师有绝招！

SOS！决战艳阳 美妆不 NG

热乎乎的艳阳高高挂，精心打理的美丽妆容，眼看就要被汗水、出油给毁了！
SOS 怎么办？ Kevin 老师拿出他的独家秘技，从粉底、眼妆到唇颊，教美人们
轻松拥有清爽持久的夏日妆容，让你在今夏，再也不用担心脱妆问题！

文·执行／ Nana　摄影／陈敬强　彩妆／ Kevin　发型／ Monkey（Zoom）模特儿／苏立欣
服装提供／ PS playground、Tatianna

就是要完美底妆——清爽╳超长效

汗水和油脂，是影响底妆是否持久的二大重要因素，尤其在炎热的夏天里，想打造出不易脱妆的底妆，妆前保养品和粉底的选择，以及上妆方式等，各环节都必需紧密搭配，保养品最好挑凝胶剂型，避免太油的乳霜质地，以减少皮肤上的油脂量。而底妆则一定要选具抗汗、控油效果的清爽持久型产品，皮肤易出油者，建议先用粉底液薄薄打底，再用粉饼定妆，不要只单擦粉饼，会使妆感变得厚重，且万一糊妆时，不均匀结块的现象反而会更明显。

超磁肌底妆 EASY MAKE

Step1
擦完所有保养品和防晒乳后，先用面纸轻压全脸，稍稍把油脂吸掉一些。

Step2
针对需要的部位，擦上具控油或修饰毛孔功能的饰底乳。

Step3
以指腹轻拍的方式，从脸的中间开始上持久型粉底液，借着指腹的温度使粉底更服帖。

Step4
用海绵再次轻拍全脸，能使粉底的贴附性更好。

Step5
选择膏状、棒状或条状的遮瑕产品来做遮瑕，持妆效果较佳。

Step6
最后拿海绵沾取适量持久型粉饼，弹按全脸帮助定妆。

HOT ITEM

1.SHISEIDO 心机长效立体光粉饼 以微细雾状制法，搭配全新粉末成分，使肤纹细致并具高度透明感。2.IPSA 自律循环彩妆蜜 具透明遮瑕力、持久不脱妆和清爽不黏腻质感的全效型保养粉底液。3.COSME DECORTE 黛珂焕白新生紧致精华粉底液 可修饰黑斑、雀斑、暗沉、肤色不均等，实现具张力透明感的肤质。4.BEAUTE DE KOSE 丰靡美姬无瑕持久妆前露EX 可于肌肤表面形成薄膜屏障，修饰瑕疵的同时，也能预防汗水、皮脂造成的脱妆。5.FASIO 超持妆无瑕粉底液 不但能修饰毛孔，让肌肤如陶瓷般平滑光泽，同时也可预防出油导致的暗沉。6.SK-II 晶致焕白柔光EX粉饼 以高度遮瑕力和珍珠粉体，长效修饰肌肤瑕疵，妆效自然薄透。7.L' OEAL PARIS 完美净白光采珍珠粉底液 不但可创造出持久的珍珠虹光般立体光透的妆感外，还能同时美白防晒。8.KANEBO COFFRET D' OR 莹白剔透底霜 可柔化毛孔阴影及肌理凹凸，并提高粉底的服贴持久度。

3 STEPS 补好妆!

Step1
先拿一块干净的海绵，由T字和鼻翼两侧开始，从上到下，由中心往外，把糊掉的浮粉慢慢推开，直到看不见粉痕线为止。

Step2
如果脸上看起来还是很油亮，就拿一张吸油面纸包住海绵后再次吸油，因为如果直接把吸油面纸贴在脸上吸油，容易因纸张不平而使底妆变得更不均匀。

Step3
直接补擦上粉底液后，再做遮瑕即可，若是用粉饼补妆的人，遮瑕则要先做，最后再按压粉饼。

达人绝招

想让眼妆持久，就必需让眼周肌肤保持干燥，但保湿也千万别忽略，妆前保养建议用眼胶代替眼霜，吸收较快且不失清爽滋润。

就是不要熊猫眼——防水眼线×防水睫毛膏

　　彩妆持久的关键，就在于每一个步骤都要确实做到不脱妆，单擦粉质的眼影，持妆效果绝对不会好，只要稍微流一点汗或不小心被指头摸到，颜色就容易掉光光！要让眼妆持久又显色，最好的方法就是先以膏状打底，再用粉末加强吸油定妆，但建议夏日眼妆的范围不要晕染得太大片，以免眼折出油糊妆时，出现很明显一条一条的卡粉痕迹，不妨善用具防水、抗晕染功能的彩色眼线搭配睫毛膏，同样也能做出色彩鲜丽又持久的抢眼妆效。

眼妆零晕染 EASY MAKE

Step1
先以大地色系的防水型膏状眼影在上眼皮薄薄的打底。

Step2
然后刷上眼部专用蜜粉或同色系粉质眼影帮助定妆。

Step3
接着用防水的彩色眼线代替大范围重色晕染来表现眼妆。

Step4
在画好的眼线上，细细的按压一层同色系眼影粉，加强持妆效果。

Step5
用黑色眼线液将睫毛根部填满，线条范围不要太宽，以免盖住之前画好的彩色粗眼线。

Step6
最后刷上抗水、抗晕染的睫毛膏即可。

HOT ITEM

1.INTEGRATE 黑瞳晶绽眼影盒 # BR302
2.BOURJOISE 镜光奇变亮眼蜜 # 33
3.GIVENCHY 魅力四色眼影 4.KATE 防水眼线液 # BK-15.M.A.C 持妆防水眼线笔
6.LAURA MERCIER 霓采烟熏眼线笔 # 孔雀绿 7.BEAUTY MAKER 水润光亮眸保湿眼部蜜粉 8.BEAUTY MAKER 小画家持久亮彩笔——暖暖大眼组 9.MAKE UP FOR EVER 防水眼线笔 #21110.MAJOLICA MAJORCA 超激长魔法睫毛膏 第三代 11.MAYBELLINE 快捷性感猫眼浓翘防水睫毛膏12.CLARINS 新一代零脱妆睫毛雨衣

放电大眼不脱妆！

Step1
用指腹按压的方式把糊掉不均的眼影膏溶开，注意不要用推的。

Step2
扑点眼部蜜粉后，在眼折处补上眼影粉。

Step3
如果下眼皮有糊妆，就拿棉花棒用滚动的方式清除脏污。

Step4
最后以蜜粉或粉饼补在下眼皮，抑制油脂分泌，同时预防再次晕染。

HOT ITEM

1.LAVSHUCA 丰泽无限恒采唇膏 # RD-1
2.LUNASOL 绝色恒漾口红 # 28
3.MAKE UP FOR EVER 防水唇彩笔 # 15C
4.YSL 润美唇膏 # 146
5.SHU UEMURA 无色限唇膏 # PK369
6.MAQUILLAGE 心机光润唇膏 # RS713
7.RMK 诱色口红 # 25
8.LAURA MERCIER 迷妍四色颊彩盘
9.EESTEE LAUDER 纯色晶钻持久唇膏
10.NARS 时尚经典唇膏 # OUTSIDER

1   2   3   4   5   6   7   8   9   10

就是要好气色——持久唇线笔、唇膏×粉质腮红

妆点好气色，唇颊往往扮演重要地位，不过，要长时间维持水嫩润泽质感，真的是件无敌难事，尤其是唇妆，别说喝口水或吃个东西，就连稍一抿嘴，都很容易发生沾染掉色或吃进肚子里的情况！这时只需善用持久型的唇膏和唇线笔，唇颊彩妆也能晋升不脱妆行列。先以含油量少的唇线笔涂满整个嘴唇，再用唇膏做润色，能避免唇膏万一脱落，只剩唇线框框的糗事；至于颊彩，直接用持久唇膏打底，再刷粉质腮红定妆，持妆度绝对包你满意喔！

唇妆不掉色 EASY MAKE

注意！不要来回用力画，以免唇纹里卡了太多唇线笔的色料

Step1
先拿面纸将唇部多余的油脂抿掉。

Step2
将一点蜜粉扑在唇缘边边的皮肤，能使唇线更服帖且不易晕开。

Step3
用防水型唇线笔把唇周轮廓描出来，接着再以轻拍的方式，直接以唇线笔涂满整个唇部。

Step4
以唇刷沾取口红，仔细涂抹嘴唇。

Step5
再次用面纸按压嘴唇，然后重复步骤3和4即可。

超水嫩唇这样保持

Step1
擦些许护唇膏后，拿棉花棒把斑驳不均的唇膏推掉。

Step2
用面纸把护唇膏的油脂抿掉。

Step3
再依序补上唇线和唇膏。

达人绝招

如何你使用了防水型粉底，会让防水腮红液不易上妆，建议擦完隔离霜后，就先抹上防水腮红液，颜色可稍重一些，接着再上粉底，这个问题就能解决咯。

Cheek 好气色 EASY MAKE

Step1
用持久型的液状腮红涂抹在笑肌部位。

Step2
或是以指腹沾取适量不含亮片的持久型口红。

Step3
轻拍在两颊腮红处。

Step4
接着刷上粉质的腮红做定妆。

甜美系粉颊这样补

Step1
拿块干净的海绵，利用脸上的出油，把结块不均的腮红按掉，使其和底妆溶和。

Step2
然后只要补刷粉质腮红即可，不必补液状或膏状腮红，以免糊了底妆。

防水彩妆　脸部＆眼唇绝对要分开卸！
目标是"彻底清除，彩妆不残留，还原水嫩美肌"

彻底卸妆！Kevin 老师的完全传授 Step by Step

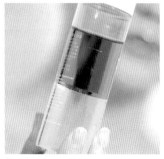

Step1
选择油水分离成二层的眼唇卸妆液，才能卸除防水彩妆。

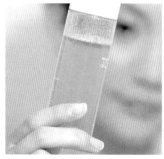

Step2
使用前务必要充分摇晃，使眼唇卸妆液中的油水混合均匀。

Step3
在棉花棒上倒足量的眼唇卸妆液后，先擦在假睫毛的上方，把假睫毛胶溶掉后，再拿掉假睫毛。

Step4
接着拿一根沾了眼唇卸妆液的棉花棒，用它的尖端卸掉睫毛根部的眼线和眼皮上的亮粉。

Step5
换一根干净的棉花棒，轻轻把内眼线擦掉。

Step6
倒足量的眼唇卸妆液在化妆棉上。

Step7
把化妆棉贴在闭着的眼睛上，用一根手指轻压在微凹的眼缝中间，停留约30秒。

注意！不要左右搓，以免睫毛沾黏在一起，或是不小心把睫毛给拉掉。

Step8
将化妆棉向下擦拭，直到睫毛膏完全卸除干净为止。

Step9
再次用沾了卸妆液的棉花棒，顺着睫毛生长的方向推抹并重复数次，直到睫毛根部的残胶已彻底干净为止。

卸除防水彩妆建议使用油脂含量较多的卸妆产品，至少要霜状以上或油状剂型，且脸部和眼唇卸妆品最好分开，因为卸妆油或卸妆霜里所含的乳化剂含量比眼唇专用卸妆液高，容易造成眼唇刺激，且因为防水性彩妆比较不易卸得干净，长期残留会导致色素沉淀和毛囊阻塞，使用专门的眼唇卸妆产品，才能将防水眼妆彻底去除。提醒你，每次使用眼唇卸妆液前，都要记得摇一摇，确认分层的油水已混合后再倒出来使用哦。

Step10
拿面纸抿掉嘴唇上的油脂。

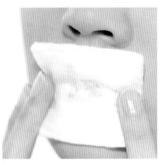

Step11
用沾了眼唇卸妆液的化妆棉湿敷嘴唇5~10秒。

Step12
拿沾有卸妆液的棉花棒轻轻推掉嘴唇上的口红。

STEP13
挖一坨卸妆霜，用量至少半颗乒乓球大小。

Step14
将卸妆霜涂满全脸后，轻轻按摩，时间不要太久，以免脏污跑进张开的毛孔内。

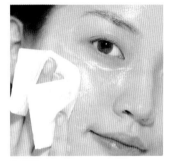

Step15
以面纸将卸妆霜擦掉，重复数次直到面纸上的卸妆霜里没有彩妆色料为止，然后用洗面奶洗脸即可。

KEVIN 老师大推薦! 超好用卸妆品

1.BEAUTY MAKER 零负担眼唇卸妆液　运用医学专用眼睛冲洗液为基底，即使流入眼睛也不会刺痛难受，轻松卸除顽强彩妆。

2.FANCL 净化卸妆油　能温且轻松地溶解彩妆和毛孔内的脏污、油垢，用后肌肤润泽无负担。

3.LANCOME 快速眼唇卸妆液　PH 值与泪水相似且不含酒精成分，可温和拭去眼部彩妆，同时舒缓眼皮肌肤。

4.CHANEL 双效眼部卸妆液　上层可温和卸除各种眼妆，下层则具舒缓与柔软功效，并预防肌肤刺激敏感。

5.KP 完美卸颜油　含甜橘、茶树和甘菊精油，能在清洁彩妆和收敛毛孔的同时，舒缓镇静肌肤的压力。

6.NEUTROGENA 深层净透卸妆油　能深入毛孔，紧密结合彩妆及脏污，使其溶解浮出，卸妆洗脸一次完。

7.MAKE UP FOR EVER 完美冷霜　质地浓稠且不含矿物油，能清洁肌肤杂质及溶解任何彩妆，并提供舒缓、镇静及滋润的柔肤功能。

自我好感度
55%

决胜妆容

清新可人的优雅气质

　　略带羞涩的你，不妨以淡雅妆容突破低存在感的状况。运用自然柔和的色彩，就能让你显得更有光彩、渐渐为自己增加注目度！

注目度 UP！时尚感 UP！亲和力 UP！

自我好感度彩妆
让你的彩色人生大跃进

　　不论你是"存在感较低的55%自我好感度女孩"、"不够抢眼出色的75%自我好感度女孩"或是"让人有距离感的95%自我好感度女孩"，小凯老师都要教你如何以"自我好感度"彩妆加分，让你的友情、恋爱、职场运势全都大幅飙升，一举达阵幸福人生！

文·执行／Enzo（A2Z）　摄影／陈敬强　化妆／张景凯　发型／Scott（EROS）
模特儿／苏立欣　服装提供／I Love Everything. MULLY

气质裸妆　不着痕！
存在感与自信 UP

光泽眼 × 淡粉颊 × 水漾唇
以内敛光采致胜

　　平时总是搽了防晒、粉底就出门，几乎是素颜示人的 55% 好感度女孩，过于朴素的模样难免不起眼，而暗沉眼圈、干燥嘴唇更是让人难以停留视线。

　　此时，若立即变身为艳丽妆容，过大的变化不但让自己感到不自在，也会让周遭的人觉得突兀。小凯老师建议，在底妆后再以轻盈色泽妆点细节，便能让整体气色亮起来、显得更有朝气，创造令人想疼爱的纯粹柔美印象。

POINT STEPS CLOSE UP

Eyes
温柔眼线勾勒眼神

好感 POINT 以柔和咖啡色取代锐利黑色

　　整个眼窝以带有珠光的米肤色眼影提亮，再以咖啡色眼线笔延着睫毛根部描绘上眼线，下眼线则以细眼影棒沾取咖啡色眼影，从瞳孔下方一直延伸到眼尾、直到与上眼线交合。眼线特别选用咖啡色，少了黑色的锐气，特别能表现出温暖和善的眼神。

1. 以带有珠光的肤金色眼影均匀刷上整个眼窝。

2. 延着睫毛根部描绘眼线，眼尾顺着眼型稍微延伸。

Cheek
粉嫩颊彩增添甜美

好感 POINT
颜色淡、范围大的颊彩表现

　　沾取适量颊彩后，先将腮红刷轻拍手背、抖搂余粉，接着以大面积延伸的方式刷上两颊，呈现淡淡粉红好气色。挥别一般圆形或椭圆形状腮红的框框，以轮廓不明的颊彩，让人看不出有刻意上妆、表现彷若天生的红粉双颊。

3. 在颧骨附近大面积轻轻刷上淡粉红色腮红。

Lip
裸色唇蜜展现气质

好感 POINT
创造看不见唇纹的水感丰唇

　　为搭配肤金色、咖啡色调眼妆，唇彩选用知性气质且耐看的裸色，以水漾质感唇蜜打造盈亮的诱人双唇。在涂搽唇蜜时，就算是选择较淡雅的色彩，一样要仔细描绘唇部轮廓、再刷匀唇瓣，才能呈现出零唇纹的细致美唇。

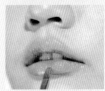

4. 以唇蜜仔细描绘唇型，并在上下唇瓣中心增量涂搽。

自我好感度
70%

决胜妆容
浪漫甜美的感性风采

不甘淹没在泛泛之辈、希望能跳脱"一般人"的平凡印象，你可以将流行色彩加入彩妆，就能增添时髦感，同时更加凸显自己的风格特色。

深邃眼神
时尚却无距离感的魅惑紫彩

性感可爱眼 × 甜美润泽唇
随时放射诱人魅力

　　无论服装、彩妆风格皆打"安全牌"的70%好感度女孩，虽然整体还算不错，但没有流行感、总是一成不变，很难不落入没特色的一般人命运。

　　其实，只要在妆容加入适当比例的当季流行色彩，便会马上令人眼睛一亮！小凯老师建议，秋天可以选择兼具华丽感与神秘感的紫做为眼妆主色调，搭配很女人味的玫瑰粉红色唇膏，即能提升魅力指数、更受欢迎！

Eyes 彩色眼妆演绎时尚

好感 POINT 深紫色眼影绘出柔和眼线

　　眼窝以淡淡粉紫色先打底，再以细眼影棒沾取深紫色眼影延着睫毛根部绘出线条柔和的上眼线，眼尾处顺着眼型稍作延伸。下眼线以比打底色深一点的紫色眼影从眼头画到眼尾，与上眼线交合、将眼角整个包覆起来。以往，紫色调的眼妆虽然华丽，但却也常给人距离感，因此，将深紫色的范围缩小、仅以眼线表现，增加眼神同时也不怕减低好感。

细致眼妆 CLOSE UP
1. 单眼皮或是内双的女孩，若想再增加魅眼电力，可以黑色眼线胶在上眼睑画上隐形眼线，让双眼更有神！
2. 若要让整体眼妆更加精致，可在眼窝的粉紫色眼影边界，以指腹沾取带有光泽感的香槟色眼影轻点，与浅紫色渐层融合。

Lip 玫瑰唇提升女人味

好感 POINT 润泽饱和的高质感美唇

　　延续紫色眼妆的甜美调性，唇妆选择优雅的玫瑰粉红色，不用可爱感的唇蜜改以润泽的唇膏质地表现双唇的细致质感。以唇刷仔细勾勒唇的轮廓并均匀刷上唇瓣，展现细腻女人味，同时拥有更持久显色的美丽唇彩。

Cheek
零频彩平衡整体感

好感 POINT 清透双颊创造时尚妆容

　　因应眼妆与唇膏的高彩度，双颊不刷上任何色彩，以干净底妆对应。眼、颊、唇若同时出现太多色调反而会显得俗气，适度的"留白"技巧能创造更时尚的妆容。

POINT STEPS CLOSE UP

1. 以粉嫩的浅紫色眼影均匀刷上整个眼窝。

2. 沾取深紫色眼影描绘上眼线，眼尾顺着眼型稍微延伸。

3. 以浅紫色眼影延着下睫毛根部，从眼头画至眼尾与上眼线交会。

4. 以唇刷沾取适量唇膏，仔细勾勒唇型，并均匀刷上双唇

117

自我好感度
95%

决胜妆容

都会洗炼的大人风格

　　一向引领风潮的你，大胆
时髦的打扮偶尔却有让人感到
不好亲近的困扰，此时，改以
大地色妆点眼、颊、唇，就能
创造兼具亲和力的摩登气息。

大地风华
淬炼不锐利的完美摩登印象

烟熏眼 × 光泽颊 × 尚质唇
绽放知性成熟美

　　偶尔会因为前卫大胆的打扮而让人觉得有距离感的95%好感度女孩，有时还会被误会为骄傲自我，而造成人际关系的阴影。

　　若希望自己看起来平易近人却又不失时尚感，小凯老师认为妆容部分可以减掉一些艳丽色彩，向知性、沉稳风格的大地色靠拢。不但易于与服装搭配,洗炼都会的感觉既成熟又时髦,在任何场合绝对都是目光焦点!

POINT STEPS CLOSE UP

1. 以金色眼影均匀刷上整个眼窝，打底提亮双眼。

2. 以墨绿调咖啡色眼影从上眼皮中央向眼尾晕染，并描绘下眼线、包覆眼角。

3. 从颧骨往太阳穴方向，向上轻刷上金色修容。

4. 以唇刷沾取适量唇膏，仔细勾勒唇型，并均匀刷上双唇。

Eyes
大地烟熏深邃大眼

好感 POINT
眼影描绘下眼线增添晕染感

　　先以闪耀光泽的金色眼影打亮整个眼窝，再以偏绿的深咖啡色眼影从眼尾向眼中晕染，接着延着下睫毛，以同色眼影描绘下眼线。下眼线顺着眼型从眼头延伸至眼尾，直至与上眼影交合、将眼角自然地包覆起来。以眼影替代眼线笔，以柔软线条增加好感。

Cheek
都会氛围金色修容

好感 POINT
颧骨至太阳穴闪耀金色光泽

　　以腮红刷轻刷带珠光的金色修容饼，先将腮红刷轻拍手背、抖落余粉，接着从颧骨向上轻刷到太阳穴的位置。以金色光泽打亮双颊即眼周，突破以往腮红的呈现方式，既时尚又有亲和力。

Lip
光感橘唇优雅演出

好感 POINT
沉稳内敛的绝美色泽唇

　　为搭配墨绿调深咖啡色的眼妆与金色颊彩，以极富透明光采的橘色唇膏完整妆容。以唇刷仔细勾勒唇的轮廓并均匀刷上唇瓣，水润光泽感的美唇释放自信的知性美，呈现出最高质感、迈向完美。

珍珠光泽肌，
提升人缘好感度

　　Kevin 老师说，其实参加 Party 不一定都要画浓妆，尤其是如果有很多长辈在场的家族聚会，最好是不要画个烟熏妆或大红唇，可以将"亮"的重点放在肌肤的质感上，打造出如珍珠般的光泽肌，这种强调肌肤质感的亮感妆，是现在名媛们最爱的妆容。如果你是一个不习惯画浓妆的人，以这样的妆容参加 Party，不仅你自己自在舒服，也不会因为太浓的妆而让别人对你产生距离感，人缘好感度会大大提升喔！

四款 PARTY 亮感妆

　　冬天当然是 Party 的季节，不仅有热闹华丽的圣诞趴、跨年趴，也会有温馨的家族、朋友聚会，但不管是哪种趴，妆感一定少不了光泽、闪亮，Kevin 老师要教你根据不同的场合画出四种不同等级的亮感妆，让你在各种 Party 里都能无往不利。

执行·撰文：刘佩　化妆：Kevin　摄影：王鸿骏　发型：JOSHUA（斐瑟）
模特儿：刘喆莹（星讯），Crystal（会星堂）

珍珠光泽肌上课咯！

创造珍珠光泽肌就是利用彩妆品里的金属虹光（也就是一般我们所称的珠光）来修饰肌肤的瑕疵；因为这种细致的金属虹光可以有全面的镜面效果，也就是根据不同角度与光源，反射出不同颜色的光泽。不过，含有珍珠光泽的彩妆品绝对不能全脸使用，把双手围成椭圆形，大拇指放在下巴，珠光产品只能使用在这个范围之内，不管是饰底乳、粉底、蜜粉、腮红或提亮产品，都不能超出这个范围，而且如果脸越宽，使用珠光的范围就要更小，不然脸会变得臃肿而失去立体感喔！

珠光产品只能用在脸部中央

要特别用珠光产品强调的部位

第一课：底妆

1. 先用珠光饰底乳或膏状珠光产品上在眼下三角地带、T字部位及下巴处。
2. 选择轻透的粉底液，均匀上在全脸。
3. 因为是参加Party，让妆效持久是很重要的，所以建议以粉饼代替蜜粉定妆，增加底妆持久度。
4. 利用珠光蜜粉同样在笑肌顶点、T字及下巴轻拍按压；按压方式会比用刷的更服帖持久，而且不会破坏原本底妆的完整度。

LUNASOL 净采修容

CHIC CHOC baby touch 润色乳

NARS All in One 亮彩膏

COFFRET D'OR 盈透美肌底霜

第二课：腮红

1. 要创造Party中的好感光泽妆，腮红一定是要轻透自然，感觉是从肌肤透出来的好气色，而且带有光泽感。
2. 因为珍珠光泽的底妆会让脸部的轮廓线条晕开，所以一定要借由腮红来重塑脸部的线条。
3. 在上完饰底乳后，上粉底液之前，先用膏状腮红均匀上在笑肌处，因为后续还要上粉底，所以此时膏状腮红的用量要平常的两到三倍。
4. 等到整个底妆完成后，再用珠光腮红轻拍在笑肌处。其实一般珠光腮红颜色都不会太饱和，但因为已经有先上过膏状腮红了，所以这时选用的珠姑腮红颜色一定要很淡很淡，重点在于要营造漂亮的光泽度。

利用腮红膏和珠光腮红打造光泽好气色

BOBBI BROWN
精巧极光冰灿星纱颜彩盘

第三课：眼&唇

1. 光泽底妆容易让五官平掉，所以眼、唇不能完全没有颜色，至少要有一点淡淡大地色或粉色。
2. 为了增加层次感，以大地色系的膏状眼影加深眼凹，同时营造一点润润感。
3. 唇部则用同样有珠光的淡粉色或淡橘色唇蜜就可以。

眼和唇都要有淡淡的大地色或粉色

粉晶亮亮唇，要有小诱惑

　　Kevin 老师说，红色的唇当然很性感，但要画出完美的红唇并不容易，而且在 Party 中，正红色的唇因为太冶艳，容易让人觉得压迫，反而产生距离感；而这种淡淡桃红的晶亮唇，除非肌肤真的非常蜡黄，不然各种肤色都可以搭，所以不仅容易上手，感觉也比正红色的唇要年轻，在性感中还带有一点甜美，如果想要在 Party 中多些跟男生认识的机会，这个妆是一定要学会的喔！

粉晶亮亮唇上课咯!

课前预习

因为唇是脸部五官中最大面积的色块,如果要画这样的晶亮唇,底妆就不能再有珠光,要以半雾面的底妆搭配这样的唇妆,才不会整个脸亮成一团;同时也要注意眼妆跟腮红都不要再用太鲜艳的颜色,不然感觉会所有颜色都挤在一起,变成如花妆了。

第一课:唇

1. 特别提醒,唇部如果非常容易干燥脱皮,就要在开始上底妆前,涂上厚厚的护唇膏,等到妆差不多完成了,要上唇妆时,再把护唇膏抿掉,开始画唇。
2. 先用遮瑕膏轻推在唇缘,修饰唇缘的黯沉肤色;若是唇色较深,可以用眼部遮瑕液混合唇部遮瑕乳或遮瑕膏,均匀上在整个唇部,可以校正唇色,又不会太干。
3. 先决定唇膏跟唇线笔的颜色,两者要同色系,而且唇线笔要比唇膏颜色浅。
4. 用唇线笔描绘唇缘,范围可超出原来的唇缘线一点点,再用唇刷将画好的唇线晕开;这样做的目的在于避免唇膏脱落后,留下一条明显的唇线痕迹(像20年前妈妈们常发生的窘境)。
5. 再用唇刷涂上一层薄薄的唇膏,如果本身唇色已经不错,就可以省略这个步骤。
6. 再涂上比珠光粒子大颗的晶钻唇蜜就可以了。

利用眼球上方处的晶钻粉末增加立体感,也呼应唇部光泽。

第二课:眼

1. 用浅棕色眼影涂满整个眼窝与眼褶,再用深棕色在眼尾加强。
2. 用晶钻粉末点在眼球上方处,创造立体光泽度。同时也能在眼睛开阖时,呼应唇部的晶亮光泽。

KOSE 丰靡美姬
绝色效应眼彩盒

M.A.C
星光冰淇淋唇蜜

CHANEL
水吻我唇蜜

ANNA SUI
魔幻巧魔镜唇彩盘

JILL STUART
晶漾唇彩

SHISEIDO
国际柜时尚色
绘尚质唇膏

淡桃红色的晶亮唇性感中带有甜美,很适合在 Party 中出现。

第三课:腮红

1. 如果唇色比较鲜艳,腮红一定不能画在笑肌处,这样会太接近唇部,感觉颜色挤在一起。
2. 因为已经用了桃红色的唇彩,所以不能再用粉红或桃红腮红;用珊瑚色从耳上发际线处往两颊凹陷处刷,稍微修饰脸部线条即可。

腮红位置不能与唇部太接近

银光魅惑眼，使坏小魔女

　　Kevin 老师说，银色眼妆在 Party 中的效果
是很好的，只是很多女生总觉得银色眼妆容易
画起来脏脏的，或是让眼睛会泡泡的，没有层次，
感觉无神；其实只要注意 1. 上银色眼影前的打
底动作、2. 银色眼影的分布面积、3. 用其它深
色眼影去烘托出银色眼影，能确实掌握这三个
重点的话，就能画出又亮又迷人的银色眼妆。

银 + 紫魅惑眼上课咯！

课前预习

　　用银色眼影时，最好不要整个眼皮大范围的使用，一定要搭配深色的眼影，如：黑、灰，利用深浅的对比，把银色眼影的亮度更提高。另外，也要注意，如果你使用的银色眼影亮度不够或颜色不够饱和，往往擦了很多层还是不亮，而且还会脏脏的，这是因为眼影的粉末粒子无法完全均匀覆盖住眼皮，让眼皮本身的肤色有些微露出来，我们带黄的肤色和银色眼影混在一起，在视觉上就会变得浑浊，所以一定要再加上打底的动作，才能让银色眼影完美显色。

BOOBI BROWN
极光冰灿眼唇盘

SHISEIDO
心机睛亮光彩眼影

利用灰色眼尾、紫色下眼影与黑色眼线，来烘托银色眼影的亮度

第一课：眼

1. 用银白色或浅蓝色的霜状眼影，大面积地在眼窝至眼褶处打底；如果眼睛本身比较泡，可以改以灰色霜状眼影打底。
2. 将银色眼影大面积晕染在眼头至眼中处，面积不要超过整个眼皮的 1/2，如果面积太大，就会容易让眼睛看起来泡泡的。
3. 在眼尾刷上深灰色眼影，线条可稍微拉长；再在睫毛根部画上黑色眼线或刷上一点黑色眼影。灰色和黑色可以将银色眼影衬托得更亮。
4. 在下眼影及眼窝尾端刷上淡紫色眼影，以增加柔美感。

第二课：底妆&腮红

1. 因为银色眼妆本身有相当亮度，所以底妆就不要再有太明显的光泽，以半雾面底妆，在颧骨处打亮即可。
2. 腮红也不必刻意强调，以珊瑚色或浅棕色从耳朵发际线位置往双颊凹陷处轻轻刷过即可。

SHISEIDO
国际柜时尚色绘尚质眼影

DIOR 眩采单色眼影

半雾面底妆在颧骨处打亮，搭配修容般的自然腮红

第三课：唇

1. 既然眼妆已经相当抢眼，唇妆就以带亮粉的唇蜜稍微点缀就可以了。
2. 如果唇色偏黯沉，可以先上淡粉红色唇膏。

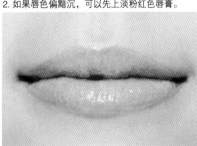

如果唇色不够红润，可以先上一些淡粉红色唇膏

DIOR
蓝星精萃唇膏

摇滚黄钻眼，抢眼一整夜

Kevin 老师说，想要创造超抢眼的
Party 妆，那就大胆地使用亮片与晶钻来
让自己变成聚光体。要记得的是，只要
你用的是浅色的晶钻亮片，就一定要搭
配深色眼影来凸显亮度。一般说来，亮
片越大颗，附着力会月差（因为重量比
较重），所以要借由霜状或膏状眼影本
身的一点黏稠度来增加亮片的附着力。

摇滚黄钻眼上课咯！

课前预习

这种金光闪闪的抢眼妆其实可以很性感，也可以很有个性，关键在于眉型；如果是女性化的细致眉型，这个妆就会展现出性感；而若是线条感比较明显的粗眉，就会让这个妆变得很有个性。所以在上妆前，记得先把眉型修好，搭配你的服装风格，性感或个性都可以喔！

GIVENCHY 宫廷蕾丝风四色眼影

BeautyMaker 超完美立体大眼 5 色眼影组

M.A.C 重返艺术彩妆系列魔幻星片

歌剧魅影摇滚光灿星粉

NARS 柔珠眼影笔

第一课：眼

多利用膏状或霜状眼影来增加晶钻亮片的附着力。

1. 首先先用黑色膏状眼影在睫毛根部打底，可稍微向上晕染一些些。
2. 再用深棕色膏状眼影大面积在眼窝及眼褶处晕开。
3. 为避免一整晚的 Party 后，膏状眼影会卡在眼褶处，所以还要再叠上一层棕色的眼影粉。
4. 在眼窝及眼褶处叠上金色晶钻亮片。
5. 以金棕色眼影画在下眼窝处，再画上亮片眼线液。注意！亮片眼线液要画在下睫毛下方，不能画在睫毛根部，不然眼线液中的亮片会伤害眼睛。

第二课：腮红

抢眼的眼妆应该搭配低调的腮红，所以只要利用棕色修容饼，从太阳穴沿发际线往下刷到耳际，再往双颊处轻轻带过就可以。

不必刻意画腮红，只要以修容修饰脸部轮廓即可。

第三课：唇

1. 擦上裸色唇蜜。
2. 因为裸色唇蜜容易让唇部失去立体感，所以可以用白色珠光眼影轻描唇峰边缘，增加立体感。

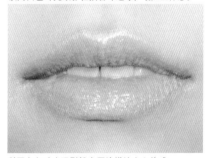

利用白色珠光眼影粉在唇峰描绘出立体感

BOBBI BROWN 丰润亮唇蜜

最 in 春装 vs 最 match 妆容

准备好迎接缤纷灿烂的春天了吗？你知道春天的服装流行趋势吗？而最流行的彩妆风格又该如何和这些最 in 的服装搭配呢？别担心！Kevin 老师这次不仅要教你怎么画最 in 的春妆，还要教你妆容跟服装的完美搭配，让你完整展现春季流行风采。

执行·撰文：刘佩　摄影：王鸿骏　化妆：Kevin　发型：Monkey(Eros)　模特儿：Ann（会星堂）、苏子贤（多利安）
服装造型：Angie　服装提供：Stephane Dou、Posture

艳色光泽服装
vs 高彩度明亮妆

Kevin 提醒

材质带有光泽感的鲜艳色服装是春季潮流的重点，尤其像黄色、草绿、粉红等这些充满春意的颜色，更是在春天一定要尝试的。彩妆上，当然就搭配同色系的明亮妆效，让你的春天 look 一片缤纷。

搭配艳色光泽服装的妆容重点

眼妆

A. 画春色眼妆时，一定要打底：春天的眼影当然要鲜艳又透亮，如果常觉得这种眼影化起来会浊浊脏脏的、又不显色，那可能是因为眼周的色素沉淀比较严重，建议在上粉底前先用饰底乳在眼周加强打底，调整眼周的肤色，才能让这种春天的眼影色透亮又饱和。

B. 珠光眼影能提亮肤色：在挑选这些很春天的眼影时，建议选择带有珠光的，不仅能打造明亮感，还兼具提亮整体肤色的效果。

C. 单色眼影大面积晕染：其实想要创造很富含春意的眼妆时，不用太多颜色，只要挑选一个明亮色从眼褶晕染到眼窝就可以了。

D. 选对比色画下眼影：要创造缤纷的春天感，可以大胆地尝试用对比色画下眼影，上眼影用草绿色，下眼影就用橘色或紫色，在眼妆上大玩配色游戏。

E. 先用眼线笔画下眼线，加强下眼影显色度：下眼影如果画起来会脏脏的，那也是因为眼周暗沉影响眼影的显色，不妨用同色的眼线笔画出下眼线，同时可以稍微晕开，再叠上眼影粉，就可以让下眼影饱和漂亮。

F. 睫毛根部细细的眼线：为了不干扰明亮色眼影，眼线只要画在睫毛根部，不用太粗。

G. 根部浓密的睫毛，让眼妆更有层次：因为眼影只用单色，为了加强眼妆的层次，睫毛根部要特别浓密。

H. 下睫毛黏透明梗假睫毛，创造娃娃眼：先把下睫毛轻刷过一层睫毛膏，再把透明梗假睫毛剪成一根一根，顺着下睫毛的弧度黏上，可以创造娃娃感的放大眼，让眼神更明亮。

颊与唇

A. 大开口笑型腮红打造亲切感：用橘色腮红在笑肌下方刷上大开口笑型，创造可爱的亲切感。

B. 淡粉橘唇蜜：为搭配绿色眼妆与橘色腮红，唇部画上淡粉橘色唇蜜即可。

> 明亮鲜艳色的服装以同色系眼影搭配就可以了，下眼影可以选择跟上眼影对比的颜色，创造缤纷有趣的明亮春妆。

1.smashbox 眼部亮采底霜
2.LUNASOL 晶润炫光眼彩 #EX02
3.DHC 花妍悦色眼影盘 #GR02
4.IPSA 艳彩蔷薇脸盘 #2
5.GIVENCHY 魅力幻彩聚光眼彩盘 #06
6.MAC 上下立体睫毛膏 #BlackFix
7.COFFRET D'OR 柔肌亮彩修容（橘）
8.BOBBI BROWN 缤纷唇颊霜

裸色服装
vs 大地色调妆

裸色是春天很重要的服装颜色，但因为裸色服装和肤色接近，容易让气色变差，所以要以大地色调彩妆来强化轮廓，又可以同时展现柔美的优雅形象。

搭配裸色服装的妆容重点

底妆：

A. 雾面底妆：虽然春夏的底妆比较重光泽感，但在穿裸色服装时，光泽底妆会让脸部轮廓失去立体感；建议用雾面底妆及局部打亮的方式来增加脸部轮廓立体度。

B. 利用蜜粉量来做脸部层次：如果不擅长打亮，也可以在上完粉底后，在脸的两侧靠近发际线的地方扑上大量蜜粉，越往脸中央蜜粉量越少，这样脸部两侧就会呈现雾感、中央较有光泽，可以展现出自然的立体层次。

眼妆：

A. 大地色调加强眼神：在搭配裸色服装时，建议以米色、焦糖色、卡布其诺色等温暖的大地色调来做眼妆的主色，可以加强眼神。

B. 眼褶处用雾面眼影、眼尾用珠光深色：建议眼褶处的中间色眼影，选用不带珠光的，这样可以达到收缩效果；而眼尾再用带珠光的深色眼影晕染倒勾，珠光可以让深色眼影显得柔美一些。

C. 用珠光深色眼影画下眼影：下眼影是今年春天重要的彩妆重点，如果是用深色画下眼影，最好选择带有珠光的，因为雾面的深色眼影容易让下眼影变成黑眼圈，而带有珠光的眼影有扩张的效果，可以放大眼睛轮廓。

D. 眼球上方以珠光打亮：因为眼褶处是雾面眼影，为了加强光泽度，在黑眼球上方的眼皮处，用珠光眼影打亮。

E. 咖啡色内眼线取代黑色内眼线：为了避免眼妆太重而失去春妆的温暖感，建议以咖啡色内眼线取代黑色内眼线，在加强眼神的同时，也可以兼顾优雅柔美。

F. 睫毛一定要浓：因为大地色调眼影会让眼睛收缩，一定要加强睫毛的浓度。

颊与唇

A. 以粉嫩的颊与唇中和深邃的眼妆：因为眼妆是比较沈稳的大地色调，所以腮红与唇就用淡淡的粉色来强调春天的粉嫩柔美感。

B. 珊瑚色修容，再次强调轮廓：以珊瑚色修容从太阳穴发际线往嘴角方向刷，再次勾勒脸部轮廓。

C. 淡粉裸唇：唇部以近乎裸色的淡粉色轻轻描绘即可。

> 穿着春天的裸色服装时，可以搭配米棕色眼妆与粉嫩颊唇，一方面展现有个性的立体轮廓，一方面又带有优雅柔美。

1.Coffret D' or 宝石炫彩眼盒 #04
2.BY TERRY 天鹅绒粉底液
3.CHANEL 四色眼影 #18
4.LANCOME 立体紧肤抗皱 R.A.R.E. 粉底液
5.Sisley 润泽保养蜜粉饼
6.benefit 甜蜜蜜四色蜜粉盒
7.DHC 明亮美型眼线笔 #BR02
8.Dior 瘾诱映光唇彩 #427

白色立裁服装
VS 粉紫甜酷妆

Kevin 提醒

这一季的秀场上有许多立裁设计，这也是春天一个重要的服装趋势，特别是干净的白色立裁服装更适合东方人在彩妆上做发挥。你可以选择有大翻领、层叠荷叶的领口设计，搭配春天必备的粉色眼妆，营造又甜又酷的时尚感。

搭配白色立裁服装的妆容重点

底妆

A. 以光泽底妆呼应白色服装：为了呼应白色服装的纯净，底妆部分可以创造光泽感，特别要注意在 T 字、眼下部位的打亮。

眼妆

A. 粉红眼影容易泡，用紫色来收缩：春天一定要画上粉红眼影，但粉红色眼影其实很容易让东方人的眼皮看起来泡泡的，所以一定要利用较深的眼影色去做层次，让眼睛在视觉上收缩。一般最常用深灰色来搭配粉红眼影，但在春天，可以用紫色代替深灰色，尚在眼褶处创造层次感，让粉嫩眼妆也可以深邃。

B. 加强眼线：因为这样的白色立裁服装兼具甜美与个性，在粉色眼影表现柔美外，可以用比较明显的眼线来展现个性。

C. 粉红下眼影与紫色下眼线：春天一定要学会画下眼影，像这样的粉色系眼妆，下眼影的画法很简单：先用粉红色画下眼影，再用带珠光的紫色眼影笔勾出下眼线，会有甜美的感觉又有深邃的眼神。

D. 戴两付自然款假睫毛来放大眼睛：因为用了紫色眼影来收缩眼睛，所以睫毛一定要特别加强，借此放大眼神。如果用太浓密的假睫毛，会向窗帘一样把整个眼睛都盖住，反而显得无神；不妨戴两付自然款的假睫毛，让睫毛浓密但还是看得到空隙，才能放大眼睛又炯炯有神。

颊与唇

A. 蜜桃色自然腮红：因为整个妆容重点在眼妆，腮红的部分只要以蜜桃色在两颊刷上大 NIKE 形状，来修饰气色即可。

B. 光泽裸唇：搭配粉、紫眼影最适合的唇色就是裸唇，但因为裸唇很容易看起来没气色，所以一定要强调光泽感。

> "白色立裁服装兼具甜美与个性，所以彩妆部分用粉色眼妆展现甜美，眼线及浓密睫毛来表达个性。"

1.JILL STUART 深魅眼彩宝盒 # 01
2.CHIC CHOC 玩色烤饼 (eyes)#03
3.MAC 时尚焦点小眼影 #Hypnotizing
4.LUNASOL 光灿修容 #03
5.BeautyMaker 8 合一超保湿 BB 水凝防护霜
6.BY TERRY 时尚焦点防水眼线笔 # 101
7.RMK 诱色口红（蜜彩）EX02
8.Estee Lauder 星灿好莱坞限量唇蜜 #34

渲染印花服装
VS 前卫眼线红唇妆

Kevin 提醒

春天有许多印花服装，但也有些印花不再像以往是具象的花朵图案，而是以类似艺术画作般的渲染色块呈现。由于这样的服装本身以多种颜色呈现一种超现实的感觉，所以在彩妆上就不需要再有太多颜色，应该以强调线条感及单一重点色来作为彩妆的重点。

搭配渲染印花服装的妆容重点

眼妆

A. 以粗黑眼线作为眼妆重点：由于眼妆不以颜色表现，所以眼线的线条变得特别重要，可以用眼尾加粗的拉长眼线来勾勒不一样的眼神。

B. 加粗部位从眼尾 1/3 开始：粗黑眼线并非整条都画得粗粗的，大约从眼尾往前推 1/3 处开始加粗即可。

C. 吸血鬼般的红色下眼影点在眼头处：在暮光之城大轰动之后，吸血鬼成为最热门的话题，在下眼影眼头处加一些红色眼影，创造如吸血鬼般的魔幻风格，很适合用在这种较大胆前卫的妆容上。

D. 不用刷睫毛：切记！当眼妆是以这种加粗的拉长眼线为重点时，就不需要再刷睫毛，免得睫毛破坏了眼线的线条完整度。

颊与唇

A. 吸血鬼复古红唇：在唇妆上也可以大胆玩出吸血鬼效果；先用正红色纯笔描绘纯缘，用唇刷晕染开后，再涂上正红色口红，最后在唇中央再涂上带紫的深红色口红。

B. 修容代替腮红：有了抢眼的红唇，就不需要再画腮红，只要在两侧发际线往双颊凹陷处，以珊瑚色修容即可。

1.CHANEL 超炫耀修护唇釉 #75
2.Cle de Peau 瑰丽润幻唇膏 # R2
3.SONIA RYKIEL 黑炽玫瑰光诱唇蜜 # 12
4.MAC Lillyland 系列持色烟熏眼线笔 #Graphblack
5.smashbox 挑逗甜心骚纱粉颊彩
6.GEURLAIN 京都娃娃漆彩眼妆盘
7.BOBBI BROWN 星纱颜彩盘 # 粉晶粉红

去夜店时，不妨舍弃以往的烟熏妆，试试这种强调线条与红唇的前卫妆感，搭配最 in 的渲染印花服装，完全宣告你的时尚程度高人一等。

135

漫游夏日彩色梦境

厌倦了保守的大地色调？想大胆地试试亮丽的彩妆颜色，但却不知从何下手？Kevin 老师用他的巧手，将各种属于夏日的鲜艳颜色彩洒落在女孩的脸庞上，牵着我们的手，一起漫游夏日彩色梦境。

执行·撰文：刘佩　化妆：Kevin　摄影：陈敬强　发型：Monkey(Eros)
模特儿：苏立欣、小白　服装造型：Angie

夏日清晨
一抹羞红腮

1. 年轻美眉们今年夏天一定要尝试这样的羞羞腮红，用修容的方式由后往前刷，只不过把修容用的咖啡色换成亮亮桃红色，就会有截然不同的效果；如果是轻熟女就把腮红范围刷小，而且加上珠光，会让肤质看起来更好。

2. 因为腮红面积大，会让脸部下方看起来比较拥挤，所以用浅色眼影把脸部上方空间拉大，同时记得要把睫毛刷浓。

3. 明显又大片的腮红，不需要再有眼影跟唇色了，只要掌握"光泽"与"提亮"两个原则来点缀眼唇即可。

key item

1. NARS 炫色腮红 #DESIRE
2. 资生堂时尚色绘尚质唇蜜 #SV809

艳夏正午
给个霓虹热吻

1. 带有荧光霓虹的粉色唇能展现性感，又不像正红唇带有威胁感，只要做好唇部的打底，所有唇型都可以尝试。

2. 霓虹唇色最怕唇缘晕开，所以一定要先用遮瑕膏获唇线笔在唇缘内一点点先描边，这样的作法就像帮唇缘筑起一道档泥墙，可以避免唇膏或唇蜜晕染到唇外围。

3. 这种唇色容易让脸部轮廓平掉，所以 highlight、修容的动作都要确实做好。

4. 千万不要再多此一举地画眼影，描上咖啡色眼线、把眉型画清楚，借此强调眼睛立体轮廓就可以了。

key item

1. 瘾诱蜜糖唇冻 #001
2. MAC 冰淇淋唇线笔
#MouthOff

光泽桃红洋装×
银色宽版腰带，
火热百分百

柔美的黄色洋装×
桃红小短袜×
蓝色高跟鞋，
跟盛夏夕阳比美

盛夏夕阳
幻化成魅惑眼彩

1. 想要尝试多层次的彩色眼影，只要掌握一个重点：先用较深颜色的雾面眼影在整个眼窝与眼褶大片晕染后，再用亮色在眼中点亮，就可以创造有层次感的多色眼妆。

2. 为了呼应上眼影的丰富色彩，下眼影也绝对不可或缺，可以选择与上眼影对比的颜色画下眼影，眼头同样用浅色眼影或眼线提亮。

3. 千万不要傻傻地再画上腮红了，用珊瑚色做修容即可；唇部也不需要多余的颜色，简单的裸色唇彩就对了。

key item

1. M.A.C 时尚焦点小眼影 #Crest the Wave
2. NARS 双色眼影 #Jolie Poupee

仲夏夜
闪过艳彩流星

1. 下眼线是今年夏妆重点，尤其是彩色下眼线，一定要试试；不过画的时候记得，眼尾只要平拉长就可以，不必特别上扬，而且要画得稍微粗一点，不够粗的话，反而会让眼妆看起来脏脏的。

2. 宝蓝色和橘色都是属于带有民俗色彩的颜色，用这两个颜色来画下眼线，可创造出具神秘感的眼神。

3. 彩色眼线容易让眼珠看起来浊浊的，所以记得画上白色的内眼线，让眼睛看起来干净明亮。

4. 上眼皮只要用棕色眼影加上咖啡色眼线，不需要再用其他颜色。

key item

1
2

1.CHIC CHOC 电眼星
炫笔 #BU02
2.M.A.C 持色烟熏眼线
笔 #ObviousOrange

华丽宝蓝洋装×
银色亮片腰带，
凝聚夏夜的神秘

利用睫毛膏刷出根根分明的睫毛效果

睫毛膏 Vs. 假睫毛
妆出好女孩 LOOK，关键
在于 "清爽感" 的大眼妆

选择交叉型假睫毛创造出眼尾浓密的睫毛效果

春天的彩妆，"好女孩风"是主流！眼妆变得很清爽，因此利用睫毛膏和假睫毛，创造出浓密却又清爽的大眼睛重要！

睫毛膏不一定要层层叠叠刷得像蟑螂脚般；假睫毛也不一定要重到眼睛都睁不开，本篇让小凯老师指导你，运用一些小技巧，让睫毛膏和假睫毛有效果、又很清爽。

文字：Clay　摄影：Paul　模特儿：Sandra、苏立欣　发型：Mia

睫毛夹＋睫毛底膏＋2种睫毛膏，刷出自然清爽的睫毛

小凯老师"自然清爽的睫毛"重点提示!

1. 根根分明的效果

不只要刷出纤长感，还要有根根分明的效果，仔细刷拭每根睫毛，任何一根睫毛都不能遗漏，秉持着刷到一根算一根的精神。

2. 睫毛的整齐度很重要

要让睫毛变整齐，还要有塑型的效果，呈现出放射状的扩张感。

3. 选择淡色系的眼妆

想要让睫毛看起来清爽，眼妆就不能太浓，才不会让过粗的眼线或是深色的眼彩抢过睫毛效果。

Before

After

Step 1.
使用睫毛夹，夹住睫毛根处，45度往上延伸，先让睫毛变卷翘。

Step 2.
接着再使用局部专用夹睫毛，仔细夹眼尾以及眼头，这些不易夹到的部位。

Step 3.
选择睫毛底膏，从睫毛根处开始，以Z字型横向刷拭睫毛，先帮睫毛打底。

Step 4.
再将睫毛底膏直拿，刷拭下睫毛，帮下睫毛打底。

Step 5.
选择梳子型的睫毛膏，横拿，不需Z字形刷拭，应直接向上延伸，仔细一根一根刷拭。

Step 6.
接着再将梳子型的睫毛膏直拿，刷拭难刷到的眼尾。

Step 7.
容易被忽略的眼头也要特别注意！也将梳子型的睫毛膏直拿，仔细刷拭。

Step 8.
选择浓密型的睫毛膏，再次刷睫毛根部，创造出根部浓密的睫毛效果。

Step 9.
接着使用眼线刷沾取黑色眼线胶，沿着睫毛根处描绘，仔细将睫毛空隙填补起来，画出细致的内眼线，眼尾可以加粗。

Step 10.
再次使用梳子型的睫毛膏，刷拭下睫毛。

Step 11.
接着再使用钢梳，仔细的将睫毛梳开，力道要轻才不会把睫毛膏刷掉。

Step 12.
最后使用烫睫毛器，放在睫毛下方，加强睫毛的卷翘效果，并且定型。

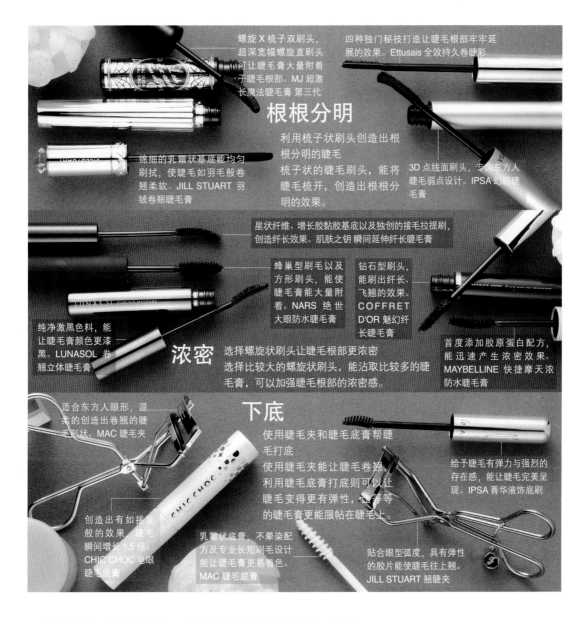

螺旋 X 梳子双刷头，超深宽幅螺旋直刷头可让睫毛膏大量附着于睫毛根部。MJ 超激长魔法睫毛膏 第三代

四种独门秘技打造让睫毛根部牢牢延展的效果。Ettusais 全效持久卷睫彩

根根分明

利用梳子状刷头创造出根根分明的睫毛
梳子状的睫毛刷头，能将睫毛梳开，创造出根根分明的效果。

3D 点线面刷头，专为东方人睫毛弱点设计。IPSA 幻眼睫毛膏

绵细的乳霜状基底能均匀刷拭，使睫毛如羽毛般卷翘柔软。JILL STUART 羽绒卷翘睫毛膏

星状纤维、增长胶黏胶基底以及独创的接毛拉提刷，创造纤长效果。肌肤之钥 瞬间延伸纤长睫毛膏

蜂巢型刷毛以及方形刷头，能使睫毛膏能大量附着。NARS 绝世大眼防水睫毛膏

钻石型刷头，能刷出纤长、飞翘的效果。COFFRET D'OR 魅幻纤长睫毛膏

纯净激黑色料，能让睫毛膏颜色更漆黑。LUNASOL 卷翘立体睫毛膏

浓密

选择螺旋状刷头让睫毛根部更浓密
选择比较大的螺旋状刷头，可以沾取比较多的睫毛膏，可以加强睫毛根部的浓密感。

首度添加胶原蛋白配方，能迅速产生浓密效果。MAYBELLINE 快捷摩天浓防水睫毛膏

适合东方人眼形，温柔的创造出卷翘的睫毛形状。MAC 睫毛夹

下底

使用睫毛夹和睫毛底膏帮睫毛打底
使用睫毛夹能让睫毛卷翘，利用睫毛底膏打底则可以让睫毛变得更有弹性，而等的睫毛膏更能服帖在睫毛上。

给予睫毛有弹力与强烈的存在感，能让睫毛完美呈现。IPSA 菁华液饰底刷

创造出有如接发般的效果，睫毛瞬间增长 1.5 倍 CHIC CHOC 电眼睫毛底膏

乳霜状底膏，不晕染配方及专业长短刷毛设计能让睫毛膏更易着色。MAC 睫毛底膏

贴合眼型弧度，具有弹性的胶片能使睫毛往上翘。JILL STUART 翘睫夹

小凯老师推荐！让睫毛增量的方法

方法一、睫毛滋养液

每天晚上睡前刷上睫毛滋养液，长期使用，效果不错喔！

方法二、眼霜涂抹睫毛根部也有让睫毛变长的效果

没有睫毛滋养液也没关系，每天使用眼霜保养眼周肌肤时，涂抹到睫毛根处，长期下来也能滋养睫毛，让睫毛变多、变长、变健康！

选择交叉型的假睫毛，比较容易创造出清爽又浓密的睫毛效果

小凯老师"自然浓密的假睫毛"重点提示!

1. 选择交叉型的假睫毛

交叉型的假睫毛戴起来效果最自然，要选择眼头短眼尾长的效果更优。

2. 梗要选软的

梗太硬不但戴起来不舒服，也不容易塑型，要选梗比较柔软的，才好塑造适合眼型的弯度。

3. 假睫毛的长度不要太长

太长效果就不够自然，建议假睫毛最长的部分只能是你睫毛长度的1/2倍。而且假睫毛不能自行修短，因为弧度会被修坏。

Before

After

Step 1.
黑色眼线液沿着睫毛根处，描绘上眼线，眼尾要加粗稍微上扬。

Step 2.
使用睫毛夹，夹卷睫毛，让睫毛有弧度。

Step 3.
选择浓密型睫毛膏，刷拭睫毛，不要太厚重。

Step 4.
将假睫毛平拿，用剪刀剪掉假睫毛比较长的1/3。

Step 5.
使用双手轻轻的左右扭动假睫毛，将梗部弄成适合你睫毛的弧度，顺便使其柔软。

Step 6.
接着将假睫毛沾取假睫毛专用胶水，静待10秒钟，要等胶水稍微变干。

Step 7.
将较长的假睫毛尾端，对齐最后一根睫毛，然后固定在睫毛上。

Step 8.
趁睫毛胶还没干之前，将假睫毛确定贴在正确的位子上，只要睫毛胶还没干都还可以调整

Step 9.
将刚刚剪下的假睫毛，黏在眼尾处，让眼尾看起来浓密，就能让眼神看起来更深邃。

Step 10.
最后再使用黑色眼线液，将睫毛空隙仔细填补起来，画出细致的内眼线。

Step 11.
选择浓密睫毛膏刷拭睫毛，同时有将真假睫毛紧密结合的效果，这样才不会有两层睫毛。

Step 12.
最后别忘了使用钢梳，小心将有些纠结的睫毛梳开，效果更自然。

选择交叉型的假睫毛，比较容易创造出清爽又浓密的睫毛效果

交叉型的假睫毛戴起来有自然的效果，比较能和真睫毛融合在一起，是创造出浓密却又清爽睫毛妆的最佳选择。

睫毛根处交叉，以及把睫毛加黑，眼头短眼尾长的设计，是可以创造出极度浓密却又自然的眼妆效果。

长长短短的交叉假睫毛，适合想要创造出，眨阿眨大眼娃娃妆感的女生使用。

细致交叉的假睫毛，能够创造出极为自然的眼妆效果，注意！要将真假睫毛融合，看起来才不突兀喔！

根部浓密能创造假眼线的效果，不需描绘太粗的眼线也可达到让眼睛放大的感觉。

眼头眼尾短，只有中间那段比较长，戴起来能让眼睛有变圆的效果。

眼头短眼尾长的假睫毛，最能创造出眼尾飞飞的睫毛效果，适合想要画出性感眼妆的女生选择！

睫毛长度适中的假睫毛，适合本身睫毛不长的女生使用，就能创造出自然的效果。

有关假睫毛的小问题，小凯老师在此一并解决

Q1. 假睫毛可以直接用手撕掉吗？

A：NO！这样一不小心就会把真的睫毛也拔掉。一定要使用眼唇卸妆液湿敷，让假睫毛黏胶软化后，再轻轻拿掉。

Q2. 假睫毛可以重复使用？

A：YES！

但每次使用后都要使用眼唇卸妆液把假睫毛梗部的黏胶清除干净，并且将假睫毛黏回盒子里，因为重复使用的原则在于"不能破坏假睫毛的弧度"。

好美白皙肌
打造百变日夜妆

是不是老觉得妆画起来都脏脏的？也许是因为你的妆前保养做得不够扎实喔！善用美白保养产品，让早晨的肌肤光泽透亮，再画上春天的粉嫩妆容，晚上要接着去 Party，也只要几个步骤就把甜美日妆变小恶魔夜妆。

撰文·执行：刘佩　摄影：王鸿骏　化妆：Vincent　发型：Ivy（次方）　模特儿：贝贝（会星堂）

PART1 妆前用美白保养，营造光泽透亮肌

Step 1 洗脸
用具有美白效果的洗面奶，在手中起泡后，轻轻在脸上画圆按摩洗脸。

CHIC CHOC
晶透奇肌洗颜皂 135g

Step 2 乳液
妆前用的乳液最好选择有保湿效果的清爽型乳液，因为油脂含量太多的乳液会容易造成脱妆。

CHIC CHOC
晶透奇肌乳液（清爽型）100ml

CHIC CHOC
晶透奇肌 UV 防护乳 SPF31 / PA++ 30ml

Step3 防晒
防晒是一年四季都要做好的喔！妆前的防晒品一定也要选择清爽不油腻的。将防晒乳点五点在额头、鼻子、下巴及两颊，再均匀推开。

PART 2 画上清爽甜美日妆

COFFRET D'OR 盈透美肌粉霜

Step 4 粉底
将粉底用海绵在脸上均匀推开。

Step 5 蜜粉
以画圆方式，用蜜粉刷将蜜粉刷在脸上。

LUNASOL
晶润炫光眼彩 #EX04

Step 6 眼妆打底
为了要让粉嫩色系的眼影干净显色，在上眼妆前，先用肤色或与眼影同色调的眼彩蜜均匀上在眼皮上打底。

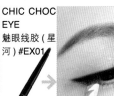

CHIC CHOC EYE
魅眼线胶（星河）#EX01

Step 7 眼线
用眼线胶或眼线笔画出上眼线，眼尾可稍粗一些些。

CHIC CHOC
玩色烤饼 (eyes)#05

Step 8 叠上眼影粉
用黑色眼影迭在眼线上，可以让眼线显得比较自然且柔和。

LUNASOL
晶巧光灿眼盒 #02

Step 9 嫩绿眼影
用珠光嫩草绿色眼影，从眉头下方到眼头及眼尾的三角形地带，均匀地晕染推开。

CHIC CHOC
玩色烤饼 (eyes)#06

Step 10 金色下眼影
用珠光亮金色眼影画在下眼影处。

CHIC CHOC 玩色烤饼 (cheeks)#OR01

Step 11 粉橘腮红
为搭配嫩绿色眼影，选择粉橘色调腮红，在笑肌处轻轻刷上，创造甜美可爱感。

LUNASOL
绝色魅彩口红 #27

Step 12 光泽粉橘唇
因为眼妆清淡，唇部最好选择显色度比较好的粉橘色调唇膏，但还是要有水嫩光泽感。

PART 2 清爽甜美日妆变身小恶魔夜妆

RMK 摩登叠采盘 (Eyes)#05

Step13 叠上墨绿眼影
用墨绿色眼影从睫毛根部往上晕染至眼褶处眼尾则以倒勾的方式画，可以创造出比较长的眼型。

Step 14 紫色下眼影
将眼影刷沾水，再沾取深紫色眼影，画出拉长线条的下眼影。沾水的目的是让下眼影比较显色，提高色彩饱和度，也比较容易画出线条感。

COFFRET D'OR
宝石炫彩眼盒 #05

Step 15 拉长上眼线
利用眼线画出拉长的上眼线，画的时候注意让上眼线与下眼影之间保留一条细缝。

Step 16 浓密型交叉假睫毛
因为深色眼影会让眼睛收缩，最好戴上浓密型的假睫毛，眼尾可多戴一层，并稍微超出眼尾，让晚上的妆容也有深邃眼神。

Step 17 打亮眉骨
晚上因为光线较差，所以在妆容上要特别强调明暗立体度，利用打亮产品刷在眉骨下方，T字、眼下也可稍做加强。

LUNASOL 光灿净采修容 #02

Step 18 刷淡眉色
用染眉膏将眉色刷淡，才不会让整体眼妆显得太沉太暗。

Step 19 修容
利用珊瑚色从发际往法令线方向轻刷，修饰出脸部立体轮廓。

LUNASOL
光灿修容饼 #02

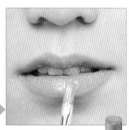

Step 20 裸色唇彩
因为眼妆已经很抢眼了，唇部就用带有光泽的裸色唇膏或唇蜜即可。

COFFRET D'OR
晶润保湿口红 #BE187

甜美小可爱变身小恶魔，成功！

冷

**时尚粗眉，
展现新女力**

充满线条感的深棕粗眉有冷静自制的美感，
若你恰巧有一场好玩的扮装舞会，
不妨以这样无色感的粗眉妆，
来展现与平常不一样的刚毅女力。

扮妆 百变
冷 vs 艳 甜 vs 酷

女人不该只有一种样貌，我们可以冷冽、可以艳丽、可以甜美、可以劲酷；
在这个充满热闹 Party 与扮妆舞会的季节，Kevin 老师教你用冬季最流行的
彩妆趋势化身不同角色，大胆尝试，尽情享受女人独有的变妆权利。

企画·执行 / 刘珮 摄影 / 陈敬强 化妆 /KEVIN 发型 /JsLee（flux2）模特儿 /Sendra、苏立欣（StarMaker）
服装提 /StephaneDou ChangleeYuGin、Focus、Mia Mia

艳

深色眼窝，
上城东区
的华丽面貌

用亮片眼影堆栈你的 Party 妆？ OUT！
学学 Gossip Girl 里的 Serena，
用深色眼影打造眼窝深邃度，
再把眼尾拉长，营造曼哈顿上城东区的华丽感。

深棕粗眉 + 深色修容 +
雾感裸唇 = 刚毅新女力

冷

Eyebrows

1. 眉峰往后挪：通常我们在画眉时，会把眉峰对齐黑珠尾端上方；但若想要画出比较有个性的粗眉，记得要把眉峰位置对齐眼尾。

2. 眉尾要短：眉尾如果细长就会显得柔美女性化，短而粗就会比较有中性的刚毅味道，所以画个性粗眉时记得眉尾不要特别拉长。

3. 用深棕色代替黑色：如果你是第一次尝试画这样的粗眉，建议以深棕色代替黑色，免得把自己画成蜡笔小新。

4. 先用眉笔框出轮廓：这种粗眉因为没有眉尾线条的修饰，一旦两边眉峰不一样高，就会非常明显；所以一定要先用深棕眉笔把两边眉峰位置定出来，并把眉峰到眉尾的线条画好，再用眉粉晕染完成整个眉型。

Cheeks

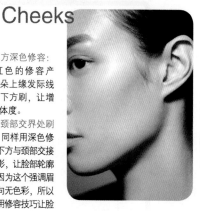

1. 颧骨下方深色修容：用不带红色的修容产品，从耳朵上缘发际线处往颧骨下方刷，让增加脸部立体度。

2. 脸缘与颈部交界处刷出阴影：同样用深色修容在脸部下方与颈部交接处刷出阴影，让脸部轮廓更明显。因为这个强调眉型的妆偏向无色彩，所以要尽量利用修容技巧让脸部轮廓更立体。

1.CHIC CHOC 电眼挑眉笔 # 浅咖啡
2. 资生堂 心机双效眉 #BR611
3.benefit 眉来眼去烟熏彩盒

4.IPSA 3D 微整型脸彩盒 #103

5.CHANEL 腮红 #63

Lips

雾面裸唇：用接近唇色的雾面裸色唇膏薄薄擦在唇上，强调冷冽的个性。

6.M.A.C 粉持色唇膏 #TillTomorrow
7.SHISEIDO 时尚色绘尚质唇膏 #RD732

Eyes

1.BOBBI BROWN 浮华金迷眼彩盘 #Smoky
2.NARS 双色眼彩 #MELUSINE

1. 眼窝深，眼褶浅：现在最流行的华丽眼妆不再是亮片或烟熏妆，而是像 Gossip Girl 里的 Serena 一样，把深色画在眼窝，明亮浅色画在眼褶；从眼尾开始把整个眼窝大片晕满，不管是棕色、深紫、深蓝、墨绿，都可以这样画，眼褶的部分则涂上带有珠光或细致亮片的浅色就可以了。

2. 内双美眉深色别画太高：如果是双眼皮褶不明显的内双，在画的时候深色眼影画低一点，并将重点放在眼尾，眼头部位轻轻带过，这样浅色的面积就不会太大，可避免眼褶看起来泡肿的困扰。

3. 用眼影将眼尾拉长：眼尾画长可以让妆容看起来比较艳丽，但以往习惯用眼线拉长眼型的画法已经不 in 了，现在该学会用深色眼影，在眼尾倒勾出较长的三角形，借此拉长眼型。

4. 眼线成为配角：眼线不用刻意强调，只要在睫毛根部描绘，眼尾拉长部分的眼线也不需要太粗。

深色眼窝 + 拉长眼尾 +
圆润唇型 = 上城东区华丽典范

艳

Eyebrows

眉峰高、眉尾细长：在黑眼珠尾端先订出眉峰的位置，眉峰可画高一点，眉尾要细长，就可以画出女性化的艳丽眉型。

珊瑚色大弧形腮红：粉红、蜜桃腮红都太甜美可爱，不适合营造艳丽的女人味，珊瑚色是首选，从颧骨下方到笑肌处刷一个大弧形，笑肌顶点稍微加强，让周围有晕染开的感觉。

Cheeks

 5
 6

Lips

5.AUBE 星钻美形持色唇彩 #PK144
6.COSME DECORTE AQ 花妍唇膏 #RO652

圆润唇型：因为眼妆已经相当艳丽，如果唇型再画得太明显，就会显得风尘味很重；建议把唇型画得圆润一些，选用遮瑕力较好的丝缎质地唇膏，用唇刷沾取，先在唇周描出圆润的轮廓，再刷满整个唇部即可。

3.COFFERET D'OR 立体净透修容 #03
4.JILL STUART 花舞爱恋颊彩粉 限量色 #101

3
4

甜

草莓拿铁，
微甜大人味

甜甜的粉红眼妆，融入浅棕色，把甜美女孩味调
和轻熟女的优雅姿态，宣告你的微甜大人味。

酷

锐如鹰眼，
都会丛林摩登美目力

扮酷？别再大烟熏，把眼线画粗，勾勒出令你自己也惊艳
的轮廓；用这充满穿透力的眼神，征服都会丛林里的所有人。

粉红眼影 + 浅棕晕染眼线 +
单撮束感假睫毛 = 微甜大人味

甜

Eyes

1. 粉红眼影打底: 选择带暖色（偏桃色）的粉红眼影在眼窝及眼褶处大面积晕开。

2. 浅棕眼影画成眼线: 画粉红眼影，一定要搭配深色眼线或眼影，以免眼睛泡肿，但黑色眼线太过锐利，会有不易亲近的距离感，改用浅棕眼影晕在睫毛根部当作眼线，保有粉红眼影的甜味，又兼具优雅感。

1 2

1.KOSE 丰靡美姬
幸福夜空眼颊彩
2.Dior 丝光五色眼影 #529

3.shu uemura 圣诞限量
彩妆 心星相印假睫毛

3

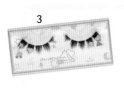

Eyelashes

1. 束状假睫毛的放射大眼: 把束感假睫毛剪成一撮一撮，在刷完睫毛后，种在睫毛空隙间，这样可以避免假睫毛的黑梗破坏柔和的眼影，而束感的假睫毛最有放射效果，能让眼睛明亮有神。

2. 下眼尾重点点缀: 束感假睫毛会比交叉款的感觉重一些，所以别忘下睫毛也要黏上假睫毛，整排戴太戏剧化，可以在眼尾黏上几撮，平衡上下眼妆。

Cheeks

橘色蜜桃腮: 粉红腮太可爱，珊瑚色太成熟，自然的蜜桃色最适合微甜的轻熟女，可以选带有一点橘色的蜜桃色，搭配粉红眼妆不会太稚气，但若肤色偏黄，建议还是选择稍微红润的蜜桃色。

4 5

4.NARS 炫色颊彩 #sex appeal
5.KOSE 丰靡美姬月恋美颊彩 #01

Lips

6 7

水润透感唇: 粉红眼妆别再配个粉红唇，轻轻点上透感的水润唇蜜就可以了。

6.Za 胶原亮泽唇蜜 #08
7.SONIA RYKIYL 漩色迷情
限量唇蜜 #01

几何感粗眼线 + 亮片下眼线 + 片状修容 = 都会摩登目力

酷

Eyes

1. 几何感长形眼线：利用深紫、深蓝、墨绿等眼线笔，在眼褶上画出较粗的眼线，眼尾平拉长约至眉尾，下眼线也稍微画粗一些，就是今年冬天最流行的几何感长形眼线。

2. 叠上亮片增加层次感：在眼线上选上同色的亮粉或亮片，增加层次感。

3. 闪亮下眼线让眼神明亮：深色眼线框整个眼睛会让眼睛变小，在深色下眼线下方再画上金色眼线，并在黑眼珠下方叠上金色亮粉，这样可以让眼神放大明亮。

4. 轻刷睫毛：这种强调眼线的眼妆不需刻意戴假睫毛，只要轻刷睫毛，以免过于抢眼的睫毛破坏眼线的完整性。

1.smashbox 欲望舞娘防水眼彩笔组
2.BORJIOS 防水眼线笔 #80
3.CHANEL 防水眼线笔 #83

Cheeks

橘棕片状修容：先用带橘的棕色从发际线沿颧骨下方做大面积片状修容，再用橘色腮红迭在笑肌处。

4.RMK 经典修容 #05
5.L'OCCITANE 橙花限量颜彩 #04

双层唇彩：先用粉底上在整个唇部（唇色深的可用遮瑕品），在用裸棕色唇膏上在唇中央，画出今年时尚秀场最流行的双层唇。

Lips

6. 香缇卡花妍香颂唇膏 #Anis
7.ESTEE LAUDER 纯色晶滟唇蜜 #55

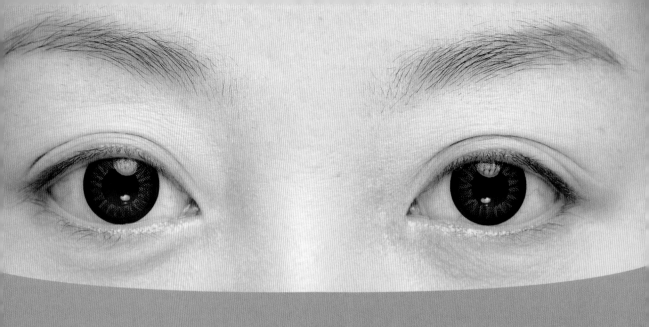

想要改变形象就从选对假睫毛开始!
改变眼妆的假睫毛

选对一副适合自己的假睫毛就算不画大浓妆也可让人惊艳！这次游丝棋老师针对六位不同眼型的模特儿，挑选出适合她们的假睫毛，目的就是要让大家更了解假睫毛对眼型的加乘效果，快去照一下镜子看看自己是属于哪种眼型，选对适合的假睫毛吧！

撰文／Avril　摄影／陈敬强　化妆／游丝棋　发型／Ivy　模特儿／薇如、陶子（三立）、工工花、资工弥、怀凤（伊林）、爱爱

绝对不会失败的假睫毛戴法

很多人假睫毛眼头会翘起来，那是因为没有把假睫毛坳出弧度，或是有些人的假睫毛看起来像是飞在半空中，是由于真假睫毛没有密合，现在丝棋老师就要教大家"最简单又快速"的假睫毛戴法，让你从此没有戴假睫毛失败的问题！

准备的工具有这些！

1. 小剪刀
修剪假睫毛长度时用小剪刀比较能对准空隙裁剪。

2. 睫毛夹
一定要将睫毛夹翘后再戴假睫毛，能够避免发生两层睫毛的状况。

3. 假睫毛胶
这款假睫毛胶虽然价格较贵一些，但是使用的原料好，不会造成眼皮的过敏。

4. 眼线液
眼线可以模糊假睫毛梗与眼皮黏贴不够完美的缺陷。

5. 睫毛膏
刷睫毛膏有两个好处，一是当做睫毛的基底，另一是让真假睫毛密合度加倍。

Before

Step 1 描绘眼线

先用眼线笔沿着睫毛根部描绘眼线，不要戴上假睫毛后再画，睫毛太长时不容易描绘。

Step 2 夹睫毛

将睫毛夹翘，夹翘睫毛有一个好处是黏贴上假睫毛后，真睫毛不会往下掉，造成两层睫毛的窘境。

Step 3 刷睫毛膏

先刷一层纤长型的睫毛膏，当作基底，这样一来在戴上假睫毛时就能避免左右眼高低不一的情况。

Step 4 修剪假睫毛

先将睫毛在眼睛比一下，确认要修剪的长度后再修剪。

Step 5 坳出弧度

将假睫毛稍微坳出一个弧度，这样黏贴时能快速贴合眼睛的弧度，不用再花时间再眼皮上移动位置。

Step 6 涂上睫毛胶

千万不要将睫毛胶涂在眼皮上，沿着睫毛梗轻轻刷过，量也不要过多。

Step 7 等待10秒钟

约等待10秒钟，睫毛胶呈现半透明时就可以准备黏贴了。

Step 8 放上假睫毛

先黏贴中央部位，再调整眼头跟眼尾的位置。

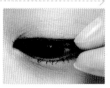

Step 9 往上顶

等待睫毛胶全干、假睫毛牢固后，用手指将假睫毛轻轻往上顶，让假睫毛的束感可以更加明显。

Step 10 补齐眼线

接着再用眼线笔补齐真假睫毛与眼线间的空隙。

Step 11 再刷睫毛膏

最后再刷一次睫毛，目的是再次让真假睫毛密合。

Finish

丝棋老师针对六位模特儿的假睫毛严选

薇如的眼型 & 睫毛烦恼

- 有大小眼，左边眼睛较圆，右边眼睛较长。
- 左眼的双眼皮褶会凹陷，黏贴假睫毛时容易外翻。
- 天生睫毛长，但是生长方向往下塌。
- 虽然眼睛大，但眼睛看起来无神。

电眼假睫毛 # 基本款 104（5 对）/ CHIC CHOC

长短差别明显款
打造100% 卷翘睫毛

长短差异设计，能创造根根分明且卷翘的睫毛，拯救原本容易塌陷睫毛，塑造一般外出都能使用的娃娃自然大眼效果！

魅眼假睫毛 # 434 / Princess AlisA

交叉浓密款
适合烟熏大眼妆（眼尾修剪）

交叉型的假睫毛很适合眼型较圆的人使用，这里选择更浓密些的款式，能让眼神更锐利，尤其适合浓妆的时候使用，不会因为深色眼影遮盖住睫毛的束感。

迈阿密宝贝魅睫毛 # 02 / BÉBÉ POSHÉ

交叉自然眼尾加长款
眼尾看起来更有神

这款自然交叉、眼尾加长型的假睫毛，能塑造娇柔抚媚的眼神，展现独特的女性魅力，白天的自然裸妆或夜晚的猫眼、烟熏妆皆可搭配，可单独使用或再加其他假睫毛创造新造型。

薇如的眼睛是圆形的，给人可爱的感觉，这类型的人相当推荐使用交叉型的假睫毛，自然又不会让原本的可爱感消失，但眼睛看起来没有神，主要是因为她的睫毛会往下塌，如果是这类型的人，也可以选择长短有些差异的假睫毛来强调睫毛的束感。最后要提醒有大小眼的人，在画眼线时就要先特别加粗眼睛较小那边的眼线喔！

长型眼的人一般会建议选择中央较长的假睫毛，主要是让眼睛往上放大，而不是往后加长，还能改善眉压眼与下垂眼的状况。工工花眼型长，脸型也长，感觉比较成熟，因此如果戴太过浓密的假睫毛看起来会很俗气，建议还是以交叉型为基础来做延伸变化。

工工花的眼型 & 睫毛烦恼

- 眼睛属于标准的长型眼。
- 眼尾较为下垂，脸型也长，看起来就会较为老气。
- 因为双眼皮褶较高，有眉压眼的错觉。

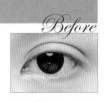

假睫毛 # 601 / AK

眼尾加长款
让眼神看起来更妩媚！

长型眼也可以用加长款的假睫毛，会让眼神看起来更妩媚、更有女人味，但是选择上有小技巧，选择假睫毛绑成一束一束的放养款，会比一整片的更年轻，也不会让眼尾整个往下掉。

欧夏蕾 Lady 纯手工精致假睫毛 # 2（两副）/ DOT.DOT

交叉自然加强款

从眼线开始增加深邃度睫毛根部微微的交叉型，中央的睫毛特别长，加上束感很强烈，是给心机美人专用的假睫毛，可以悄悄地放大眼睛。

欧夏蕾 Lady 纯手工精致假睫毛 # 6（两副）/ DOT.DOT

双层浓密交叉款
打造性感魅力

如果说微交叉型是清纯款，那么双层浓密交叉型就是媚惑款，两者的差别在于双层的效果更卷翘，更能加深眼线色，就算不画眼妆也能充分展现女人味。

假睫毛绝对不是路边摊随便买一副自己喜欢的就适合，现在就让我们来看看这六位模特儿的眼型与睫毛烦恼，并由丝棋老师出手解决，让六位模特儿抛开浓妆，就算裸妆也能拥有完美大眼！

小狗狗般的圆形眼，如何变得更有电力？！

陶子的眼型＆睫毛烦恼

●眼睛是标准的小狗狗般无辜圆形眼。
●有大小眼，左眼皮较高。
●眉毛漂亮浓密，但眉眼距离近，假睫毛不易选择。
●睫毛虽多，但较短。

**假睫毛 # A2 ／
亮丽睫毛**
单束眼尾加长型
拉长眼型变身小女人
圆眼的人想要拉长眼型就选择眼尾加长款，推荐单束浓密型的假睫毛，会比交叉型的再明显一点，创造出完全心机的长型眼效果。

**完美大眼纯手工精致假睫毛 # 728（10 副）／
BEAUTYMAKER**
交叉浓密中央较长款
展现存在感十足的双眸！因为陶子地眉眼距离近，从根部开始创造黝黑亮泽的假睫毛，且这款假睫毛长度不会过长，约 10mm，适合眼睛与眉毛较近者。

好莱坞巨星魅睫毛 # 04 ／BÉBÉ POSHÉ
交叉浓密均长款
加强原有优点，让圆眼更突出浓密的交叉睫毛，根根手工编绑，可以看得到每一根假睫毛几乎是一样长的，只有头根稍短一些些，沿着眼睛的弧度黏贴后，会展现自然的束感，让眼神充满电波！

丝棋老师严选 Best

陶子的眼睛非常漂亮，但眉眼距离较近，尽量不要使用较长的假睫毛，最不会出错的就是交叉浓密款；如果烟熏妆，担心睫毛束感无法呈现时，可将眉峰下方修一点，让眉毛位置提高，如果想降低可爱感，建议选择单撮单束的假睫毛，戴起来会增加女人味。

短睫毛的我，也想要拥有束感明显的煽煽美睫！

爱爱的眼型＆睫毛烦恼

●杏眼，一般大多数女生都是这种眼型。
●睫毛较短，但有下睫毛。
●两眼之间的距离较远。

**假睫毛 # 611 ／
AK**
单撮眼尾加长款
拉长成人气猫咪眼
单撮能增加眼睫毛的份量，让睫毛看起来变长变多，并让眼尾睫毛有扇形般的强烈效果。

**假睫毛 # A6 ／
亮丽睫毛**
单束眼尾加长款
强化眼尾的束感
与单撮不同之处在于，单束的睫毛会让眼神看起来比较锐利，对于喜欢干净妆感与强烈束感睫毛的人来说，这是一款不错的选择。

**（上）假睫毛 # 36 ／
M.A.C**
**（下）欧夏蕾 Lady 纯手工精致假睫毛 # 8(两副)／
DOT. DOT**
单撮眼尾加长＋透明梗
自然下睫毛
创造无辜大眼女孩
珠光笔先打亮整个下眼皮，让眼睛往下放大，接着下睫毛剪成小束，一束一束种上去，会比较自然。上排的假睫毛要选择浓密型的，才不会造成睫毛看起来下多上少。

丝棋老师严选 Best

杏眼的人最适合眼尾加长的假睫毛，也建议选择透明梗，少了黑黑的一条梗，眼睛看起来更清澈。爱爱的眼型也很漂亮，加上她有下睫毛，因此我也特地挑了一款下睫毛做示范，建议要戴下睫毛时，可先用咖啡色眼线或是白色珠光晕染，会比较自然喔！

丝棋老师严选 Best

资工弥的眼睛很迷人，唯一的缺点就是眼头的睫毛比较稀疏，因此建议在假睫毛上可以选长度较长的款式，使用上也有个小技巧，通常修剪假睫毛长度时，会将较长的部分剪掉，留短的当眼头，但眼头睫毛少的人可以反过来，直接将较短的部分修剪掉，就可以立刻加长眼头睫毛！

资工弥的眼型＆睫毛烦恼

●眼型属于杏眼，但较长型一些。
●眼尾往上，是迷人的桃花眼。
●眼头的睫毛较为稀疏。
●两眼之间的距离较远。

Before

手工编织假睫毛／女王 QUEEN
交叉纤长型
实现戏剧性的睫毛效果
对于眼头睫毛较短的人来说，可以选择纤长型的假睫毛，来补强睫毛不够纤长的困扰。

假睫毛＃608／AK
超细纤长型
自然零妆感
同样是纤长型的假睫毛，但是没有戏剧化的浓密效果，这款呈现效果比较自然，梗是透明的，如果不化眼妆只戴假睫毛，就好像天生的睫毛一样！

假睫毛＃7／M.A.C
单束纤长型
可爱大眼的浓密效果
要加强桃花眼，建议选择眼尾加长型且单束单束的假睫毛，这类的假睫毛戴上后看起来像是种上去的，很自然，束感又比一般种睫毛的效果更明显，能完整的呈现出桃花眼型。

Best

凤眼的眼神其实深受外国人喜爱，具有女性的魅力且拥有个性，当然在假睫毛的选择上，选择中央较长的款式最能立即改变眼型，不宜选择眼尾过长的，无论交叉型、单束单撮型都可以选用，可以根据睫毛的浓密程度来挑选最适合自己的款式。

怀凤的眼型＆睫毛烦恼

●眼型是东方风味的凤眼。
●睫毛稀疏且较短。
●内双的眼睛，且眼头几乎都被盖住一半。

Before

魅眼假睫毛＃720／Princess AlisA
交叉纤长款
放大眼头的睫毛
选择交叉纤长型的假睫毛，将较短的部分修剪掉，这样就不会觉得眼头睫毛短眼尾特别长，有将整个眼睛打开的效果。

假睫毛＃A5／亮丽睫毛
单束眼尾加长款
这款假睫毛因为是单束的，睫毛长度也不超过10mm，所以戴起来眼尾睫毛根根分明且细致，但不会让眼尾更往上翘，反而是让眼尾睫毛更翘、更美形。

欧夏蕾Lady纯手工精致假睫毛＃4／DOT.DOT
交叉瞳孔放大款
改变凤眼的秘密武器
眼睛是标准的凤眼，选择假睫毛时要特别注意眼尾的睫毛长度千万不能太长，这款很特别的将中央睫毛加粗，感觉从中央将瞳孔放大后，凤眼就不再那么明显。

Party 秘密武器：华丽款假睫毛！

基本款的假睫毛看完后，丝棋老师再为大家挑选了适合 party 用的假睫毛，老师也提醒使用这类华丽款的假睫毛时，要注意两点，淡妆的人假睫毛挑选几颗水钻点缀的基本款，或是局部黏贴眼尾就好，浓妆的人则可以选择有亮片的假睫毛，或是彩色的羽毛款，戏剧性效果都很会棒！

选择 1 小水钻款　增加眼妆的闪亮度

假睫毛 # DROPLETS ／ SHU UEMURA 干净的淡妆也能使用华丽款的假睫毛喔！选择的技巧在于水钻不要过多，例如这款：几颗点缀于睫毛上，戴上后随着眨眼就会微微透出闪闪光芒，低调而华丽的假睫毛，淡妆的你也可以尝试看看！

选择
有这些

假睫毛 # MINI DROPLETS ／ SHU UEMURA 直接黏贴在眼尾的半副水钻假睫毛，不敢尝试整副的人也可从它入手！

假睫毛 # RUSTIC ORNAMENT ／ SHU UEMURA 利用金色小珠珠点缀一整排的假睫毛，适合个性风的女生使用！

东京风尚睫 ＃天际流星／ SHU UEMURA 闪闪发光的银色假睫毛，上排是整片式，下排分四撮，让眼睛跟花朵一样闪耀绽放！

假睫毛／ MAKE UP FOR EVER 浓密眼尾加长型的假睫毛，在梗部点缀银色水钻，就算不画眼影也十分抢眼。

假睫毛／ MAKE UP FOR EVER 低调的黑色小水钻，加上局部使用在眼尾，自然华丽。

选择 2 亮片款　圆形眼、眼睛大的人适合！

亮片款的假睫毛梗较粗，容易压眼皮让眼睛看起来变得更细长，因此会建议眼睛较大或是圆形眼的人来使用会比较适合。

选择
有这些

电眼假睫毛 # 302 ／ CHIC CHOC 有光泽的毛束，放电魅力无法挡，亮片飞扬款，成为 PARTY 焦点。

红磨坊限量版派对型假睫毛／ MAKE UP FOR EVER 前短后长且局部交叉的设计，创造出自然华丽的放大效果，边缘镶缀着闪亮的红色亮片眼线，让眼神加倍明亮。

选择 3 彩色羽毛款　单撮使用最好看！

双色蝴蝶兰假睫毛 ＃花漾漫舞／ SHU UEMURA 只选择其中一小段紫色的来黏贴在眼尾，立刻创造出眼神的深邃感，让眼睛变得更媚！是所有人都可以选择的款式，想要低调一点可选择与睫毛相近的深色，如果想要更抢眼一点，就可以选择明亮的红色。

其他的
选择
有这些

假睫毛 # PADIANT BLUE ／ SHU UEMURA 眼尾加长型的深绿色假睫毛，比起单撮彩色假睫毛抢眼度极高，比较适合化浓妆的人使用。

假睫毛／ MAKE UP FOR EVER 紫色假睫毛，这款的束感很明显，如果戴上角膜变色片时使用它，效果绝对出乎意料的赞！

草食女 VS. 肉食女
恋爱致胜彩妆大 PK

擅长自创流行词的日本人,继败犬之后,现在又创出草食女 vs. 肉食女一词。针对两种极端个性、行为模式、甚至恋爱方式做出分类。简单说草食就是属于温柔、随和、无辜的小女人;而肉食则是很有主见、敢爱敢恨、带有高时尚度的大女人。针对最新流行词,KEVIN 要教大家画出不管是哪一种女生,都拥有能招换爱情的体质。并且特别企画找来30 位不同职业男性,由他们票选心中最爱的女生形象,帮女人们更轻易抓住他的心!

文·执行／carrie 彩妆／KEVIN 摄影／陈敬强 发型／Terence(EROS) 甲彩／Cherry Nail 服装提供／SHINY SPO. C C Chiya

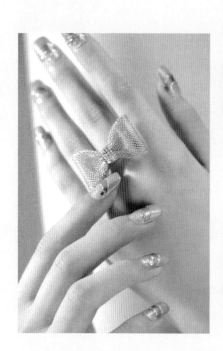

草食女 vs. 肉食女 LOOK 大对决
洞悉男性心理大调查

本刊访问了五大行业别、60位男性，得出了以下结果：

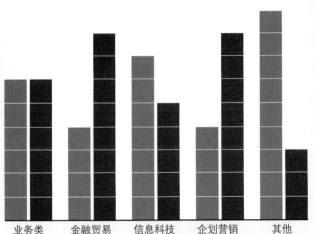

业务类　　金融贸易　　信息科技　　企划营销　　其他

草食女 *Eye*

可爱的小鹿斑比，
温和无害的疗愈系

KEY WORDS:
无辜、无妆感、纯洁、粉嫩

Eye 圆形眼×直眉，打造
自然可爱的小狗眼

最适合草食女的眼妆
就是要保留个性中的清纯
和害羞，会让人忍不住想
保护她。但清纯不等于什
么都不画，重点眼神还是
要 KEEP 住，用像被水彩
稀释过淡淡粉彩色，在眼
中加点亮粉，让眼眶像随
时含着泪的水汪汪感。

**POINT！交叉 7 假睫×
咖啡色眼线**

很多
人会有假
睫毛＝浓
妆的错误
观念，但东方人天生睫毛
条件差，想单靠眼线反而
会越画越重，KEVIN 推荐
交叉七假睫毛，根部浓密、
尾端根根分明，还有眼线
效果。也因为有了假睫毛
帮助，眼线选咖啡色才不
会感觉太凶狠。

草食女应援团

RICK／营销企
画：另一个妆感
觉有点老气，草
食女有邻家女孩
的气息，很有亲
和力。

Reef／工程师：
感觉比较耐看，
看久不会腻、也
不觉太夸张。

使用色

1.JILL STUART 光诱眼彩宝盒 07
2. 香缇卡时尚水彩眼线笔 #深棕色
3. 植村秀创艺眼彩笔 #薰衣紫
4.BEAUTYMAKER 无限延伸接发睫毛膏
5.SOFINA 星钻美形眉粉

肉食女 *Eye*

如敏捷花豹，外型亮丽、
主动出击的自信派

KEY WORDS：
立体轮廓、自信、主动积极、时尚

Eye 眼线X眼影，加强深邃、勾
眼尾带出性感

眼妆绝对是肉食女的自信来
源，就像盯住猎物，准备扑向前去
的锐利眼神。KEVIN 老师说男生看
不懂睫毛和眼线，但最怕闭眼时的
块状深色烟熏，要展现出立体深邃
的勾人眼神，只要把上下眼影范围
缩小，不要用黑色眼线笔，就能保
留甜味，制造出有如混血 half 美女
的魅力电眼。

POINT！避免大量黑色，略带甜
美不过于凶狠

一定要避免大
量使用黑色，看起
来攻击性太强，且
不好亲近。要有一
点甜美，就要靠眼影色和质地，用
雾面卡其色眼影，打眉骨下方当眉
影，拉近眼距鼻子就变挺。同样用
大地色珠光眼影打亮眼皮，制造轻
盈感，就不会显得太沉重、浓妆感。

肉食女应援团

Elton ／传媒经理
很多亚洲女生不敢尝试的橘色
系彩妆，其实只要底妆打的好
就会利落感十足。也会比粉色
系妆感更自然与有精神。

使用色

1.BOBBI BROWN 裸彩风华眼影盘
2. 佳丽宝 COFFRET D'OR 幻妆眼彩盒
3.丰靡美姬绝色效应眼彩盒
4.CHIC CHOC 电眼星炫笔 #PU02
5.SHISEIDO 时尚色绘 尚质眼线笔 # 咖啡

草食女 *Cheek & Lip*

**粉红色最无害，
打造颊膨、水亮唇の PURE 童颜感**

要有柔弱、需要被保护的可爱感，选粉红色就对。可故意刷圆形腮红让脸颊看起来像自然的害羞脸红。唇色要选择水亮感无珠光的唇蜜，打造嘟嘟可爱膨唇，千万不能有珠光，免得多了华丽感反而削弱刻意营造的纯真感。

Cheek 笑肌上打光，加强膨度更可爱

KEVIN 特别强调圆形粉红色腮红，肤色较黑可选蜜桃色，害怕太可爱的 OL 们，刷横椭圆形就不用担心。笑肌不够膨、脸过瘦没精神，用指腹沾取浅粉色 hi-light 直接点在笑肌上，立即就有丰颊效果。

Lip 线条不要太明显，圆润饱满唇型最好

太明显锐利的唇型就会有刻薄、干练的感觉，KEVIN 先用微量遮瑕膏沿着唇周点上，把唇峰修圆润，唇色太深的人可用浅肤色唇线笔先打底，就能让粉色唇膏更显色，妆感明亮轻盈。

使用色

草食女应援团
David／业务
感觉像天使，粉粉嫩嫩的超可爱，很想保护她。

1.RMK 经典修容饼 #MT02
2.MJ 蜜糖修容饼 #88
3. 肌肤之钥 水润丝滑唇膏 #126
4.INTEGRATE 水艳柔光唇蜜 #PK330

肉食女 *Cheek & L*

如混血儿般的立体轮廓，让五官突出向前集中

在轮廓上要强调，五官要特别明显并集中，运用眼妆缩近眼距外，还要巧妙利用光和影的对比让颜中更突出，脸自然就会变瘦。利用珠光唇蜜打唇中、外雾内亮的双层腮红，都能达到如微整型般的三维效果。

Cheek 以橘色腮红修容，更自然、有层次

跳脱以往用咖啡色修容修饰腮梆子，KEVIN建议用两种质地就能轻松打造，又不怕修过头像舞台妆。用雾质腮红刷在颧骨下方及笑肌外侧，再用带金属光的橘色系腮红斜刷，外雾内亮自然就有瘦脸及立体集中聚焦效果。

Lip 距离感红唇 Out，知性利落橘色系 In

先向大家宣布今年秋冬红唇退潮了！要表现出自信、女性主义至上，但又要避免有凶狠的侵略感，唇色选肤橘色较知性又不会不好亲近。先用肤橘色唇膏均匀涂上，唇中用珠光唇蜜加强表现华丽感。

肉食女应援团
Ian ／系统工程师
因为唇色比较明显，眼睛也看起来比较有力。

Simon ／室内设计
喜欢像混血儿的立体轮廓，感觉也比较有个性。

使用色

1.SMASHBOX REIGN 眼修容 ＋之颊笑剂肩挑腮红
2.THE BODY SHOP 蔻克绽润镜 #02 可可金
3.CHANEL 娇柔润唇唇膏 #78
4.IPSA 郁盈荣光护唇蜜 #肩笔驼色

173

草食女 *Nail*

**双层法式，
打造纤纤修长玉手**

延续彩妆的粉嫩
TONE调，即使用上3、
4种颜色也不会觉得眼花
撩乱、不清爽。这几年日
本开始流行的椭圆甲形，
已经取代方形，成为日本
女生最爱，再加上法式彩
绘就能让粗短手指瞬间拉
长、变细。银葱指甲油代
替钻的过度华丽，闪亮感
不减、却更有质感。

肉食女应援团
Lawrance／出版业
特别爱粉色指甲，干
干净净的很顺眼，不
喜欢有太多的颜色。

KEVIN／金融业
基本上指甲只要亮亮
的看起来健康就够
了，一堆钻感觉很累。

使用色

1.NARS 限量摩登指彩油
2.JILL STUART 指彩蜜 36
3.SHISEIDO 心机光色美型甲彩
4.ANNA SUI 魔幻艺术美甲油 #082

肉食女 *Nail*

时尚女王，
一定要选最 IN 的紫色

秋冬甲彩主打色就是紫色，不只主动积极，对时尚流行也很注重的肉食女们绝不会 MISS 掉这个潮流。而深色甲彩也能对比出手的白皙，想要肤色立即白一号就不能错过。为了显示出女王般的气势，甲面用单色打底后，再黏上线条式的水钻，让手就像戴了高贵珠宝般的华丽。

使用色

NARS 摩登指彩油 # 萝莉塔

推荐产品

1.CHANEL 指甲油 #499 威尼斯小船
2.MAC 奢华亚马逊系列 #VioletFire
3.CHIC CHOC 花色指甲油 #PU03

草食女应援团

保镖／部落客
妆和服装整体
穿搭很时尚。

球球／业务
紫色很有质感，
手看起来很有
气质。

图书在版编目(CIP)数据

彩妆我最大 / 英特发股份有限公司编 .— 上海：上海文艺出版社，
2011.5
　ISBN 978-7-5321-4159-3/TS・35

I. ①彩… II. ①英… III. ①化妆—女性读物 IV. ① TS974.1

中国版本图书馆 CIP 数据核字（2011）第 082316 号

特约策划：许文婷
责任编辑：毛静彦

彩妆我最大

英特发股份有限公司 编
上海文艺出版社出版、发行
地址：上海市绍兴路 74 号
电子邮箱：cslcm@publicl.sta.net.cn
网址：www.slcm.com
新华书店经销 利丰雅高印刷（深圳）有限公司印刷
开本：787mm*1092mm 1/16　印张：11　插页 2　字数 120,000
2011 年 6 月第 1 版　2011 年 6 月第 1 次印刷
　ISBN 978-7-5321-4159-3/TS・35　定价：42.00 元